VIER TAGE IM MÄRZ

Roman

Constance Hotz

VIER TAGE IM MÄRZ

Roman

Montabella Verlag, St. Moritz

Personen und Handlung sind frei erfunden.

Für Karin Jenny

IMPRESSUM
Autorin: Constance Hotz
Herausgeber: © Montabella Verlag, St. Moritz, www.montabella.ch
Lektorat: Peter Renz
Titelgestaltung: Colette Georgi
Satz und Druck: Engadin Press, Samedan
Einband: Buchbinderei Eibert AG, Eschenbach
1. Auflage, 2007, 3000 Exemplare
ISBN 978-3-907067-35-2

Alles hat seine Zeit und sein Mass.
Und seinen Ort

In Anlehnung an die Inschrift
TOT HA SES TEMP E SIA MASÜRA
Museum Chasa Jaura Valchava, Val Müstair

… **ERSTER TAG**

Prolog

Die Unbestimmtheit eines frühen Nachmittags Anfang März. Düstere Wolken über dem Tal, nachlassendes Licht und eine zitternde Stille über dem Dorf. Es würde noch einmal Schnee geben. Auf den Dachfirsten der Häuser, die sich um den Plaz Grond scharten, hockten Alpendohlen. Ihr Gefieder glänzte schwarz, die gelben Schnäbel blitzten wie Warnleuchten.

Eigentlich war der Plaz Grond gar kein richtiger Platz. Er war kaum mehr als ein Stück verbreitete Strasse, der Hauptstrasse durchs Dorf, der Kantonsstrasse zur Grenze, der Ofenpassroute. Eine Ecke, die sich dem Verlauf der Klostermauer verdankt. Immerhin plätscherte ein Brunnen, gab es Holzbänke, Pflanzenkübel und ein Eisenschild, auf dem in erhabenen Buchstaben ‹Plaz Grond› stand. Es gab eine Anschlagtafel mit wenigen Plakaten und vielen Klammern, unter denen die Reste abgerissener Plakate von vergangenen Veranstaltungen und alten Annoncen hingen. Genaugenommen war die Anschlagtafel ein Holztor des Klosters, ein Nebeneingang zum Landwirtschaftshof, durch den am Morgen dieses Freitags eine bucklige Magd Müllsäcke geschleift und an der Aussenmauer abgestellt hatte.

Die Beiläufigkeit des Platzes täuschte. Der Plaz Grond war eine Mitte. Er verband das Kloster mit dem Dorf und die Kirche mit der Welt. Er war von stattlichen, Sgraffito-geschmückten Häusern gesäumt, deren tiefe, sich nach innen verengende Fenster durch aufgemalte Rahmen vergrössert wurden. Autofahrer nötigte der Plaz Grond zu erhöhter Aufmerksamkeit und zum Langsamfahren, denn er beschrieb eine Kurve, nach der sich die Strasse dorfeinwärts merklich verengte, zumal im Winter, wenn Schneeränder die Fahrbahn noch schmaler machten.

Viele Linien liefen auf dem Plaz Grond zusammen. Hier kreuzten sich Zeiten, Himmelsrichtungen und Geschichten. Die ältesten Geschichten lagen im Boden vergraben, andere waren hinter den Klostermauern verborgen, jüngere wurden in den Häusern erzählt und in den Herzen bewahrt.

Eine Katze ging geduckt über das Kopfsteinpflaster. Ein launischer Wind trieb sich herum, fauchte leise, wirbelte Blätter über die Strasse und pfiff durch die gekreuzten Schwerter mit den goldenen Griffen, das Gasthausschild, unter dem ein Fenster geöffnet wurde. Der Wirt sah besorgt in den Himmel. Es würde noch einmal Schnee geben. Eine ältere Dame in einem braunen Mantel ging über den Platz, den Blick gesenkt, eine graue Haarsträhne verdeckte ihr Gesicht. Etwas in der Art, wie die Haarsträhne vor das Gesicht fiel, wie sie bei jedem Schritt mitschwang, rhythmisch und eigenwillig, berührte ihn seltsam, stiess eine Erinnerung in ihm an, und als der Wind die Strähne hob und einen Augenblick lang ihr Gesicht unverdeckt war, schien vor seinem inneren Auge ein Bild auf, das Bild einer stolzen jungen Frau, die sich mit unvergleichlicher Geste eine Strähne hinters Ohr streicht, nur um sie im nächsten Augenblick wieder im Gesicht zu haben. Wie lange ist das her, dachte der Wirt, während er der Frau nachstarrte, bis sie an der Ecke zum Kirchweg verschwunden war. Das Fenster klirrte.

Es würde noch einmal Schnee geben. Und es würde noch mehr geben als Schnee. Denn an diesem Nachmittag sollte eine Geschichte weitergehen, die vor bald vierzig Jahren hier begonnen hatte. Hier an diesem Ort, dessen Namen die Zeit geschliffen hat wie einen Diamanten. Einen Namen, der empfindliche Seelen zu verzaubern vermag.

Gegen die Laufrichtung der Zeit

Der Vorhang verdeckte mehr als die Hälfte der Landschaft. Die Berge waren in warmes Abendlicht getaucht, ein stilles Leuchten lag über der Szene. Dort, wo sich zwei Gebirgszüge in der Ebene trafen, sah man eine Handvoll winziger, wie hingestreuter Häuser. In der Ferne verschmolz ein Gletscher mit dem blassen Himmel. Die Farbe des Vorhangstoffes wetteiferte mit dem Abendrot. Ja, das Changierende verschiedener Gelb-, Orange- und Apricottöne und der seidene Schimmer liessen den Stoff beinahe erhabener erscheinen als die Landschaft. Der Blick verfing sich regelrecht in diesem Vorhang. Und das war Absicht. Es war raffiniert inszeniert. Stoff und Bildmotiv waren so zueinander in Beziehung gesetzt, dass eine vielschichtige Spannung aus Farbnuancen, aus Nähe und Ferne, Schärfe und Unschärfe entstand. Gipfel der Stilisierung war jedoch, dass der Vorhang nicht vor einem Fenster hing, durch das man in eine natürliche Gebirgslandschaft blickte, sondern vor einer künstlichen Landschaft, vor einem hundert Jahre alten Gemälde.

Eva Fendt war in ihrem Element. Sie liebte das Spiel mit Schein und Sein, die irritierende Vermischung von Echtem und Künstlichem. «Das Licht höher», rief sie, auf dem Podest stehend, die Kamera in Augenhöhe mit dem Bild. Rick, ihr Assistent, drehte am Scheinwerfer, bis der Vorhang regelrecht aufleuchtete. «Gut so. Und jetzt noch etwas Bewegung, der Stoff muss natürlicher fallen.» Rick machte sich an der Stoffbahn zu schaffen, die an den schmiedeeisernen Trägern der offenen Wandelhalle im Kurpark von Meran befestigt war, bewegte ihn leicht hin und her, bauschte ihn ein wenig in die Höhe und liess ihn wieder fallen. Im Ausschwingen des schweren Stoffes hörte man das Klickklickklickklick des Auslösers. «Ja», rief Eva Fendt, «das ist es, genau, perfekt!»

Eine halbe Stunde später kletterte sie vom Podest, drückte Rick die Kamera in die Hand und sagte: «Wir sind durch, Rick! Mit dem Rest kommst du ohne mich klar, ja?»

Rick schaute Eva zuerst verdutzt, dann mit kumpelhaftem Lächeln an, zuckte kurz mit den Schultern und nickte. «Klar, das schaff ich schon, Boss.»

«Bist ein Schatz.» Es klang erschöpft und erleichtert. Eva spürte, wie die Anspannung nachliess. Sie wollte nur noch weg und alleine sein.

Fast drei Tage lang hatten sie unter enormem Zeitdruck gearbeitet. Hatten eine ganze Stoffkollektion fotografiert. Die ersten beiden Tage waren vier, fünf Leute auf dem Set gewesen und alle hatten mitgeredet. Der überdrehte Kreativdirektor der Werbeagentur mit immer neuen Ideen, die Stoffdesignerin und der Produktmanager, die auf unbedingte Wiedererkennbarkeit der teuren Stoffe bestanden. Der ständige Kampf um ihr Bildkonzept hatte Eva fast mehr Kraft gekostet als das Fotografieren selbst. Zum Glück war Rick gelassen geblieben, hatte sich um das ganze Drumherum gekümmert, hatte ihr den Rücken frei gehalten.

Die typischen Geräusche am Ende eines Shootings begleiteten Eva, als sie das Set verliess. Das Klicken von Schaltern, das Einrasten von Stativen, Alukoffer, die über den Boden geschoben wurden, immer leiser, als würde ein Lautstärkeregler langsam auf Null gedreht. Eva sah nicht nach rechts und links, nahm nichts wahr von der erblühenden Natur, keinen Frühlingsduft, kein Vogelgezwitscher. In den Promenadencafés sassen Touristen, die Gesichter angestrengt der Sonne zugewandt. Eine Brücke schwebte über dem trägen Fluss, stämmige Palmen standen in Stiefmütterchenrabatten wie Aufpasser. Eva ging halb blind die Promenade entlang, war mit den Gedanken immer noch beim Shooting, arrangierte vor ihrem geistigen Auge kostbare Stoffe zu Schaufensterauslagen, zu Marmorstatuen, zu Leuchtschriften, eilte über breite Gehsteige durch Villenviertel, bis sie bei ihrem Auto angekommen war. ‹Via monestra / Klosterstrasse›. Endlich. Sie klickte die Wagentür auf, warf die Handtasche auf den Beifahrersitz, liess sich hinters Lenkrad fallen, schloss die Augen und atmete auf.

Eva Fendt war Mitte dreissig und eine gefragte Fotografin, wenn es darum ging, Produkten einen mystischen Glanz zu verleihen. Ihre Bilder waren Installationen. Sie platzierte Objekte in aussergewöhnlichen Umfeldern, komponierte mit Linien, mit Farbe und Licht. Nur hier war sie ein geduldiger Mensch, im Warten auf den Augenblick, in dem die Dinge ihr Geheimnis preisgeben. Sie hatte rote Ledersofas mit schwarzen Stieren auf einer Schneeweide, Schuhe in Augenhöhe mit den Tauben auf dem Markusplatz in Venedig, die Winterkollektion einer Modemarke an den Bügeln eines Schleppliftes fotografiert. Eines der Motive, weisse Hemden, gegen einen tiefblauen Himmel schwebend, hatte ihr eine wichtige Auszeichnung eingebracht. Das war vor zwei Jahren, und seither rissen die Anfragen nicht mehr ab.

Hinter ihr hupte jemand, der offenbar auf ihren Parkplatz wartete. «Ich bin ja schon weg!», sagte Eva gereizt, nahe daran, vor Erschöpfung wütend zu werden oder loszuweinen. Sie liess sich mit dem Strom des Nachmittagsverkehrs treiben, wusste nicht recht, wohin. Nach Hause natürlich, dachte sie, es ist Freitagnachmittag, das Shooting ist geschafft, es lief gut. Eigentlich sollte sie sich freuen. Tat es aber nicht. Sie war einfach zu erschöpft. In ihrer Handtasche klingelte das Handy, sie schüttelte den Kopf, liess es klingeln. An einer roten Ampel nahm sie es heraus, sah, dass Thomas angerufen hatte. Sie fuhr weiter, wusste immer noch nicht, in welche Richtung, las ‹Bozen / Bolzano› auf einem Schild, das war falsch, sie scherte kurzerhand auf den Seitenstreifen und stellte den Motor ab. «Und jetzt?», sagte sie laut, suchte in ihrer Handtasche nach Zigaretten und zündete sich eine an. «Wo will ich eigentlich hin?», sagte sie noch einmal, und jetzt klang es wie eine Lebensfrage. Sie nahm die Strassenkarte aus der Türablage, breitete sie auf dem Lenkrad aus und merkte, wie sie beim Anblick der vielen Strassenlinien ruhiger wurde. Sie liess die Augen über die Karte wandern, suchte nach einer Strecke, die sie noch nicht kannte, folgte den Passstrassen, als wären es Versprechungen. Nirgendwo konnte sie besser entspannen als beim Autofahren. Sie genoss es, allein mit ihrem Wagen unterwegs zu sein, auf immer neue Bilder aus. Sie liebte die Zufallsblicke im Vorbeifahren, das Wissen um ihre Flüchtigkeit, die glitzernden Eindrücke, die eine feine Sehnsucht schürten. Sie liebte die kurzen Aufenthalte mit der Aussicht, nicht bleiben zu müssen. Die Begegnung mit zwei Augen, in denen sich alle Möglichkeiten spiegelten. Verliebtheiten ohne die Mühen der Liebe. Ein Feuer anzünden, aber nicht hüten. Anfänge, immer nur Anfänge, das war es, was Eva suchte. Darauf war sie immerzu aus. Verbindlich war Eva eigentlich nicht.

Sie folgte den Linien der Passrouten mit der Fingerspitze, bis sie an einem Wort hängen blieb, dessen Klang etwas in ihrer Seele berührte. Der seltsame Name eines Orts, eines Tals: Müstair.

Eva hatte Thomas versprochen, gleich nach dem Shooting zurückzufahren und das Wochenende mit ihm zu verbringen. Thomas, der so gern alles mit ihr geteilt hätte. Sie rief ihn an, sagte, dass es später würde. Versuchte, den beleidigten Unterton in seiner Stimme zu ignorieren, sagte: «Bitte Thomas, nur ein kleiner Umweg, ich brauch noch ein wenig Zeit für mich, glaub mir, du hast sonst keine Freude mit mir», und schwärmte von ihrer Entdeckung: «Stell dir vor, auf meinem Weg gibt es einen Ort, der heisst ‹Müstair›. ‹Müstair›, klingt das nicht mystisch? Und wie es geschrieben ist, vorne mit ‹ü›, und hinten ‹a-i-r›, wie englisch ‹Luft›, ‹Himmel›, ‹Windhauch›. Ausserdem gibt es da ein altes Kloster. Das muss ein Ort sein, der über den Wolken schwebt! Ich erzähl dir dann. Bis später.»

Sie fingerte nach einer neuen Zigarette, blinzelte in die Sonne und gab Gas.

Allmählich wurde die Landschaft rauer, die Berge rückten näher, der Frühling war wie zurückgedreht auf seine ersten Anzeichen. Wolkenfetzen trieben über den Himmel, färbten ihn zunehmend grau. Der Talboden hielt sich mit Farben noch zurück. Aus dem schmutzigen Braun blitzten da und dort Forsythien, vereinzelt rosa Mandelbäumchen. In der Höhe glänzte noch der Winter, und dort, wo Licht auf dem Schnee lag, leuchteten die Gipfel wie Verheissungen. Eva mochte die Unentschiedenheit zwischen den Jahreszeiten, sie hatte das Gefühl, gegen die Laufrichtung der Zeit zu fahren, zurück in ein erwartungsvolles Davor.

Freitagnachmittag, es war viel Verkehr auf der Strasse, alles schien in Bewegung, wirkte hektisch, nervös. Ein heftiger Wind liess Fahnen an ihren Masten zerren, wirbelte Plastikfetzen durch die Luft. Im Talboden drängten sich Obstplantagen mit grotesk verkrüppelten Bäumen, Halden von Plastikkisten wuchsen in den Himmel. Hinter einer Kurve musste Eva scharf abbremsen, weil ein Traktor den Verkehr aufhielt. Es dauerte eine ganze Weile, bis sie überholen konnte. Als gehörte dieser Aufenthalt zur Dramaturgie ihrer Fahrt, wurde die Landschaft ruhiger, das Industrielle verlor sich. Das Tal öffnete sich und wurde weit. Wiesen und Äcker lagen behäbig ausgebreitet wie ein Flickenteppich, aus den Dörfern ragten zahllose Kirchtürme empor, wie Wegmarken. Eva liess sie rechts liegen, bog in Richtung Schweiz ab und traute ihren Augen nicht, als sie durch ein enges Tor in eine mittelalterliche Kulisse kam. ‹Glurns / Glorenza›. Stadtmauer, Kopfsteinpflaster, geduckte Laubengänge und dann ein Platz wie ein historisches Bühnenbild. Eva parkte den Wagen, schritt den Platz ab wie eine Eroberung und nahm ihn mit ihrer kleinen Kamera ein.

Gasthäuser, Geschäfte, eine Bank. Das skurrile Nebeneinander der Zeiten. Geldwechsel und Heiligenbilder, Paläste und Vereinsmitteilungen, trutzige Mauern und flatternde Fussballtrikots. Die Fotografin, immer auf der Suche nach aussergewöhnlichen Locations, machte sich Notizen. Auf einen Rundgang durch die Gassen verzichtete sie, schliesslich wollte sie ja weiter. Nach Müstair.

Eine Brücke führte über den Stadtgraben, aus dem Mittelalter ins Jetzt dieses Freitagnachmittags Anfang März, als es zu regnen anfing.

Die Strasse begann zu steigen. ‹Höhe 1000 m ü. M.› stand auf einem Schild. In weiten Serpentinen ging es erst durch Wald, dann an offenen Wiesen vorbei, höher und höher, in einen drückenden Himmel. ‹Oh liebes Kind, wo gehst du hin?› las Eva im Vorbeifahren an einer Kapelle. Dann hatte sie den Grenzort auf Südtiroler Seite erreicht. ‹Taufers i. M. / Tubre›. Ein quirliges, bäuerliches Dorf. Hühner liefen aufgescheucht über die Strasse, Frauen mit Einkaufstaschen standen schwatzend unter Regenschirmen, ein hinkender Alter in blauer Arbeitsschürze schlurfte auf eine Wirtshaustreppe zu. An der Grenze wurde kontrolliert, als würde man in eine andere Welt wechseln. Im Rückspiegel sah Eva das Land unten liegen, ein fernes Meer, das wie erstarrt gegen die Küsten brandete.

Die andere Welt begann nüchtern mit Tankstellen und Supermärkten. Eva liess sie links liegen, sie wollte endlich ankommen. Der Regen war stärker geworden, die Strasse glänzte vor Nässe. ‹Allegra Val Müstair› las sie auf einem braunen Willkommensschild. Die nahen Berghänge waren schneegefleckt, ein dunkler Wolkenvorhang verdeckte die Sicht talaufwärts. Kein Leuchten, nirgends. Vor ihr in der breiten Talsohle lag stolz und gelassen das Dorf. Und unvermittelt tauchte aus dunklen Wiesen das Kloster auf. Ein massiger Kirchturm mit niederer Stirn, eine spitzgieblige Kirche, ein Zinnenturm mit abfallendem Dach, wie ein Pult an die Kirche gerückt. Dorfwärts eine Gruppe langgestreckter Gebäude, als verneigten sie sich vor der Kirche. Eine niedrige Mauer, die alles zusammenhielt. Wie eine helle Festung lag das Kloster da, anziehend und abweisend, offen und verschlossen zugleich. Eine kleine Kapelle stand am Strassenrand, als risse sie sich los.

Eva zuckte zusammen, als sie unter lautem Hupen überholt wurde.

Lawinengefahr

Vor einem Gasthaus gegenüber dem Kloster hielt Eva und stieg aus. Ein stattliches, historisches Haus, in sich ruhend. Zwei gekreuzte Schwerter gaben das Wirtshausschild. Sie ging eine schmale, steile Holztreppe hinauf, suchte Halt an dem geflochtenen Lederseil, das als Handlauf an der Wand befestigt war, fand keinen, das Seil geriet bei jedem Schritt ins Schwingen. Die Holztür, von deren Rahmen die Farbe abblätterte, führte in einen dunklen Vorraum. Eva wäre fast gestolpert, denn der Raum lag tiefer als die Türschwelle. Der Bretterboden wankte bei jedem Schritt, und es begann ein helles, vielstimmiges Klingeln. Sie blieb unwillkürlich stehen. Es waren die Weingläser, die auf einer Kommode standen und leise gegeneinander schlugen. Eva trat bedächtiger auf und schaute vorsichtig in den angrenzenden Raum, dessen Tür offen stand. Eine niedrige, holzgetäfelte Gaststube mit Erkern und Nischen, Kachelofen und tiefen Fenstern, die schwere Balkendecke hing regelrecht durch. Die Stube war menschenleer. Die Standuhr zeigte halb neun. Es war halb fünf. Auf einem grossen Tisch in der Mitte des Raums lagen Bücher, Kunstbände und Magazine. Eva nahm eines der Hefte in die Hand und besah sich amüsiert den Titel. Aus den Sechzigerjahren. Einige Tische waren bereits zum Essen gedeckt.

«Allegra», hörte sie plötzlich eine helle Männerstimme hinter sich, «was kann ich für Sie tun? Möchten Sie etwas essen? Wünschen Sie einen Kaffee?» Der Wirt, ein Mann um die sechzig, in kariertem Flanellhemd und beiger Cordhose, hatte sich unmerklich genähert. Ein leiser Mensch, die Arme auf dem Rücken verschränkt. Ein stiller Flaneur des Bergtals, dachte Eva. Hohe Stirn unter schütterem Haar, scharf geschnittene Nase, schmale Lippen, wache, traurige Augen. Er war höflich und scheu, lächelte nicht. Melancholie umhüllte ihn wie ein unsichtbarer Ministrantenrock.

«Oh ja, ein Kaffee wäre wunderbar», sagte Eva und setzte sich an einen Fenstertisch, Blick in die Gaststube, und leiser, weil sie es im selben Moment, da sie es aussprach, unangemessen fand: «darf ich hier rauchen?» Das fragte Eva sonst nie, sie rauchte einfach.

«Bitte sehr», antwortete der Wirt.

Die Zigarette wollte ihr nicht schmecken, und Eva drückte sie nach wenigen Zügen in den Aschenbecher. Der Wirt war verschwunden und kam kurze Zeit später mit einer Tasse Kaffee auf einem Tablett zurück.

«Sagen Sie», begann Eva, als er ihr den Kaffee hinstellte, «ist das Kloster denn noch bewohnt?»

«Ja, von Benediktinerinnen», sagte er. «Aber seit vielen Jahren ist es auch eine Baustelle der Archäologen. Sie graben und forschen und finden immer wieder etwas Neues.» Und nach einer Pause: «Die Kirche kann man besichtigen, es gibt berühmte Fresken.»

«Jetzt machen Sie mich aber neugierig! Und dabei sollte ich heute noch weiter.»

«Wir bekommen noch einmal Schnee», sagte der Wirt mit besorgter Miene, «oben im Tal schneit es schon seit Stunden.»

Im Flur schellte laut ein Telefon. Der Wirt verliess die Stube, und dann hörte Eva eine Sprache, die ihr vollkommen neu war. Sie klang fremd und vertraut, warm, weich, hart, erdig und elegant – alles zusammen. Eva lauschte fasziniert, ohne etwas zu verstehen. Doch, mal meinte sie ein italienisches, dann wieder ein deutsches Wort herauszuhören, aber das war nicht wichtig. Eine Sprache aus einer anderen Zeit, abgeschieden und selbstgewiss, dachte Eva. So muss es sein, wenn man einen aus den Erdkarten gelöschten Kontinent wiederentdeckt. Man hat das seltsame Gefühl, angekommen zu sein. Man weiss nur nicht wo.

«Verzeihung, wenn ich mich einmische, aber wollten Sie über den Ofenpass weiterfahren?»

Eva hatte gar nicht bemerkt, dass der Wirt wieder an ihrem Tisch stand. Sie nickte. «Ja, warum?»

«Der Anruf eben – der Ofenpass wurde wegen Lawinengefahr geschlossen. Wenn Sie unbedingt weiter müssen, können Sie auch den Reschenpass nehmen und …». Eva winkte ab. «… oder aber Sie bleiben über Nacht im Dorf. Hier im Haus ist leider kein Zimmer mehr frei. Aber wir finden schon etwas für Sie.»

Warum eigentlich nicht eine Nacht bleiben und morgen dieses Müstair erkunden, dachte Eva. Um die weitere Abwicklung des Meran-Projekts kümmerte sich ja Rick, und vor dem Wochenende mit Thomas würde sie sich ohnehin am liebsten drücken. Er hatte so ernst geklungen am Telefon, so dramatisch. Wahrscheinlich stand wieder einmal ein Grundsatzgespräch an. Eva hasste solche Gespräche. Für den Augenblick musste sie nur diese eine Hürde nehmen: Thomas anrufen und ihm sagen, dass sie doch erst morgen käme. Tut mir wirklich Leid, würde sie sagen, unerwartet heftige Schneefälle, Lawinengefahr, geschlossener Pass, höhere Gewalt.

«Würden Sie mir denn ein Zimmer besorgen?», fragte Eva. «Dann schaue ich mir auch gleich noch die Kirche an.»

«Ich telefoniere sofort.»

Wieder horchte Eva auf die seltsam schöne Sprache, bedauerte, dass das Telefonat nur kurz war.

«Ich habe etwas Schönes für Sie gefunden», sagte der Wirt eifrig, als er zurückkam, «in einer Pension oberhalb des Klosters. Es wird Ihnen gefallen.»

«Wunderbar, haben Sie vielen Dank!»

«Sie können gerne bei mir zu Abend essen.» Der Wirt erzählte von selbsterlegtem Wild, pries das Menü an, und Eva versprach zu kommen.

Der Tag, den der Herr gemacht hat

Eva holte einen Schirm aus dem Wagen, überquerte die Strasse und ging in Richtung Kirche. Vorbei an dicken Mauern mit kleinen Kippfenstern, aus denen Stallgeruch drang. Vorbei an einem Torturm, der sich zu einem Hof öffnete. Von der Fassade blickten lebensgrosse Heiligenfiguren unter Baldachinen ins Weite. Auf einem Wandgemälde blies ein Esel den Dudelsack, ein Mann kniete ergeben vor ihm. Verkehrte Welt. Vorbei an einer Sonnenuhr, die ihren Zeiger in den kalten Regen streckte. Vorbei an Gebäuden, die miteinander verbunden und dennoch ganz verschieden waren. Jedes schaute mit anderen Fenstern in die Welt. Die Glocke schlug fünf Uhr. Ein Auto fuhr vorbei, eine dicke Ladung Schnee auf dem Dach. Die kleine Kapelle stand verloren am Strassenrand. Eva ging durch das hölzerne Tor, das den Gehsteig vom Kirchweg trennte. Hinter dem mächtigen Glockenturm verschwand die Kirche beinahe. Rechts vom Weg lag leicht erhöht der Friedhof mit lauter Rückseiten von Grabsteinen, Kreuzen,

Marmorfiguren. Da und dort flackerte ein rotes Seelenlicht. Dunkle Wolken verhüllten das Tal. Italien war hinter einem schwarzen Vorhang verschwunden.

Als Eva unter das Vordach der Kirche trat und ihren Schirm abspannte, wurde die Kirchentür aufgestossen, und ein älterer Mann stürzte heraus. Er schien zutiefst verwirrt. Seine Augen wichen Evas Blick entsetzt aus. Er trat einen Schritt zur Seite und eilte in Richtung Strasse davon. Mit dem Blick der Fotografin registrierte Eva seine Kleidung: dunkelgrauer Wollmantel, dunkle Hosen, elegante schwarze Halbschuhe. Sie schaute ihm irritiert nach, drehte sich um und öffnete die wieder zugefallene Tür. Ihre Hand zitterte.

Die Dunkelheit warf Eva ein Tuch über den Kopf. Dünne Stimmen woben Silberfäden hinein. «Dies ist der Tag, den der Herr gemacht hat». Die Gebete der Nonnen rieselten kalt von der Empore. Eva vergrub die Hände tiefer in den Manteltaschen. Versuchte zu sehen. Wuchtige Rundsäulen verstellten den Blick. Sie ging vorsichtig bis zum Mittelgang, fiel unmerklich in den Takt des Singsangs von der Empore. «Dies ist der Tag, den der Herr gemacht hat.» Sah nach vorn. Vom Fenster über dem Altar fiel diffuses Licht in den Raum. Es reichte nicht, um irgendetwas sichtbar zu machen. Es blendete beinahe, wie ein Scheinwerfer im Nebel.

Plötzlich bemerkte Eva, dass sie nicht allein war. Nur ein paar Bänke vor ihr, dicht an einer Säule, sah sie den Umriss einer knienden Gestalt, mit gesenktem Kopf, das halblange Haar wie ein dünnes Tuch. Eva wandte den Blick ab, die Wände hoch, vage Bildfelder entlang, hinauf ins dunkle Gewölbe. Im Augenwinkel nahm sie ein schwaches Flackern wahr. Es kam von einem Lichtschalter, der an einem Tisch im Mittelgang angebracht war. ‹Fresken-Beleuchtung› stand darunter. Sollte sie? Sie würde vielleicht die Frau in ihrem Gebet stören, drückte schliesslich doch auf den

Schalter, zögernd, als könnte ihr Zögern das kommende Licht dämpfen.

Und dann war das Bild da. Und obwohl eine Gesellschaft an einer reich gedeckten Tafel sass, ein Gekrönter in der Mitte, obwohl Musikanten aufspielten, obwohl ein Henker mit erhobenem Schwert einen abgeschlagenen Kopf an den Haaren hielt, den ein Scherge in einer Schüssel entgegennahm, obwohl ein enthaupteter Körper halbnackt aus einer Kerkertür sackte, obwohl das abgeschlagene Haupt noch einmal zu sehen war und noch einmal und noch einmal, obwohl eine Trauergesellschaft den Toten zu Grabe trug, sah Eva nur *eine* Figur: eine Gauklerin im langen, braunen Kleid, kopfüber schwebend, sich überschlagend. Sie hing in der Luft, schwerelos, die Knie angewinkelt, das fliehende Haar wie Schlangen, züngelnd, ein Flammenschwert. Die langen Hände gestreckt, vor Entsetzen oder um sich abzustützen, um den Sturz zu dämpfen, eine Artistin, die Ärmel in einer grossen Geste fallend. Die Eleganz der Bewegung, die Leichtigkeit des Fliegens. Die Gauklerin schwebte und fiel, triumphierte und stürzte. Alles zugleich. Sie stürzte nicht. Ein eingefrorenes Bild, ein angehaltener Augenblick.

Das Licht erlosch. In der Kirche war es wieder dunkel. «Der Tag, den der Herr gemacht hat.» Eva ging noch einmal zu dem Tischchen mit dem flackernden Licht. Wollte noch einmal sehen. Drückte auf den Schalter. Sie stand jetzt so, dass die Betende (Eva hatte sie vollkommen vergessen) genau in ihrer Blicklinie war. In einer Linie mit der Gauklerin. Kniete noch immer versunken in ihrer Bank. Die Schulter ein Bogen, der gleich gespannt wird. Als hätte sie Evas Blick gespürt, hob sie den Kopf und drehte ihn in Richtung der Gauklerin. Im selben Augenblick war es, als berührten sich die beiden Köpfe, und ein Funken würde geschlagen. Evas Blick wusste nicht wohin, sprang hin und her zwischen dem einen Kopf und dem anderen, vor und zurück, immer schneller, bis die beiden Figuren miteinander zu verschmelzen begannen und eins wurden. Knien war schweben, der Abgrund war oben, der braune Mantel war das braune Kleid, die gefalteten Hände öffneten sich zu einer grossen, königlichen Geste. Das Licht erlosch, Eva tastete nach Halt, fand eine Bank, taumelte hinein, schloss die Augen. Das Bild hämmerte weiter in ihrem Kopf, eine psychedelische Doppelbelichtung.

Wie von fern hörte Eva bedächtige Schritte, an ihrer Bank vorbei, dann eine Tür, die ins Schloss fiel. Und noch immer der Chor der Nonnen von der Empore. Die dünnen Stimmen wärmten sie jetzt. Eva war froh, dass sie nicht allein in dieser Kirche war. Sie setzte sich auf, atmete tief durch, und als würde sich augenblicklich die Welt zurückmelden, fiel ihr ein, dass sie unbedingt Thomas anrufen musste. Sie schüttelte den Kopf und dachte, warum um Himmels Willen lasse ich mich von einem Kirchenbild so erschrecken? Sie wurde ruhiger, horchte auf den Singsang der Nonnen, bis er versiegte. «In Ewigkeit, Amen.» Ein kurzes Rascheln auf der Empore, ein leises Klicken, Stille.

Eva richtete sich auf, schaute nach vorn, der Platz an der Säule war leer. Sollte sie noch einmal Licht machen? Nein, dachte sie, es ist genug. Sie stand auf und ging, noch immer leicht benommen, im Mittelgang zurück. Blieb plötzlich stehen. Sie hatte Geräusche gehört, Geräusche, die von oben zu kommen schienen. Nicht von der Empore, sondern von weiter oben, aus dem Gewölbe, von der anderen Seite der Decke, es klang wie Schritte, schnelle Schritte. Aber das ist doch unmöglich, dachte sie, und dann hallte ein dumpfes Poltern, als wäre etwas umgestürzt. Eva hielt den Atem an, horchte gebannt nach oben, ihr Herz pochte laut. Und dann wieder die unheimlichen Schritte, immer schneller. Eva drehte sich um, hastete zum Ausgang, zog die zwei schweren Türen auf, lief den Kirchweg hinunter.

Über dem Dorf lag eine bleierne Dämmerung, und es schneite.

Geschichten vom Anfang

Als Eva von ihrer Pension zum Gasthaus ging, schneite es noch immer. Die Schneeflocken fielen wie in Zeitlupe, wie Wattebäuschchen, helle Tupfen auf nachtblauer Leinwand. Schon waren Dächer, Bäume, Zäune weiss. Auf der Strasse die tiefen Abdrücke von Winterreifen. Von den Bremslichtern eines vorbeigleitenden Autos träufelte ein roter Schimmer in den Schnee. Alles klang gedämpft, alles schien leiser, langsamer. Als hätte jemand die Welt weich eingehüllt und ihr Ruhe verordnet.

Die Hand am schaukelnden Lederseil, stieg Eva die schmale Treppe hinauf und trat, begleitet vom hellen Gläserklingeln, in die Gaststube. Sie steuerte ihren Platz vom Nachmittag an, doch der war besetzt. Alle Tische waren besetzt. Ein Sprachengewirr erfüllte den Raum. «Buna saira», sagte der Wirt, der mit einem Tablett Flaschen und Gläser in die Stube kam, «schön, dass Sie gekommen sind, hier habe ich noch einen Platz für Sie.» Er wies auf den Tisch gleich neben der Tür. Eva setzte sich auf die Bank mit der Arvenholzwand als Lehne, zündete sich eine Zigarette an. Über dem Nischenbogen gegenüber hingen Rehgeweihe, die Uhr stand immer noch auf halb neun. An der Wand gerahmte Schwarzweissfotos von der Wirtsfamilie. Auf einem Bild sass der Wirt als junger Mann mit dichtem schwarzem Haar genau da, wo Eva jetzt sass. Auf der anderen Seite der Tür seine Mutter (er war ihr wie aus dem Gesicht geschnitten, die traurigen Augen, die schmalen Lippen), müde und in sich gekehrt, die Hände übereinander gelegt, wie man sie Verstorbenen übereinander legt.

Eine Stunde zuvor hatte Eva ihr Zimmer in der Pension bezogen und der Wirtin lieber nichts von ihren seltsamen Erlebnissen in der Kirche erzählt, obwohl die alte Dame nur zu offensichtlich auf Unterhaltung aus war. Dann hatte Eva ein Bad genommen und ein paar Seifenblasen platzen lassen. Ja, das konnte sie: Dinge, die ihr Angst machten, einfach wegschnippen, ausblenden, vergessen. Ihre Telefonpflichten hatten sie schliesslich endgültig auf den Boden zurückgebracht. Rick würde morgen in Müstair vorbeikommen, um mit ihr gemeinsam die Probeaufnahmen von Meran zu sichten und eine erste Bildauswahl zu treffen. Nur Thomas hatte sie nicht erreicht. Zuerst war sie erleichtert darüber, dann kam das schlechte Gewissen, dass sie erleichtert war. Sie würde es später noch einmal versuchen müssen.

Eva stellte das Glas ab und nahm ein Stück Brot, als ein Mann in schwarzem Pullover und schwarzweiss kariertem Schal an ihren Tisch trat. Auf seinen kurzgeschnittenen Haaren schmolzen glitzernd Schneeflocken. Er lächelte, deutete eine Verneigung an und sagte: «Entschuldigung, darf ich mich zu Ihnen setzen?»

«Gerne», nickte Eva und sagte: «Eva Fendt, auf der Durchreise hier hängengeblieben, weil der Pass geschlossen ist – Sie vermutlich auch.»

Er schüttelte den Kopf, winkte dem Wirt zu, legte den Schal über einen Stuhl und setzte sich Eva gegenüber. «Urs Andermatt, sehr erfreut, ich bin Archäologe, arbeite zurzeit im Kloster und wohne hier im Haus.»

Kantiges Gesicht, Dreitagebart, helle Augen. Eva spürte eine Woge von Behagen, der eine schwächere Woge von Unbehagen folgte, als sie an Thomas dachte.

«Das klingt aber interessant. Dieses Kloster scheint ja voller Geheimnisse zu stecken.»

«Allerdings», sagte Urs Andermatt, «möchten Sie vielleicht ein paar erfahren?»

«Aber nur zu. Deshalb bin ich ja eigentlich nach Müstair gekommen. Weil der Name so nach Geheimnis klingt!»

Urs Andermatt lachte. «Ja, wenn man ihn wie ‹Mystère› ausspricht, dann klingt er natürlich geheimnisvoll.»

Er erklärte, dass ‹Müstair› sich aus dem lateinischen ‹Monasterium› – ‹Kloster› entwickelt habe und im Rätoromanischen ‹Müschda-ïr› ausgesprochen wurde – das ‹a› und das ‹i› getrennt, Betonung auf diesen beiden Vokalen, und mit einem ‹r›, das fast wie ein ‹ch› gesprochen wird –, was Evas Gefühl für Klangschönheit widerstrebte und ihrer Begeisterung einen kleinen Dämpfer versetzte, bis sie kurzerhand beschloss, ihr Müstair weiterhin wie ‹Mystère› auszusprechen, zumindest im Stillen, für sich.

«Welchem Geheimnis sind Sie denn auf der Spur, wenn ich fragen darf?», sagte der Archäologe und lächelte vieldeutig.

«Keine Ahnung», lachte Eva, «es ist nur so eine unbestimmte Idee. Aber erzählen Sie mir doch ein paar von Ihren klösterlichen Geheimnissen.»

Urs Andermatt liess sich Zeit. Er bestellte eine teure Flasche Wein, reichte Eva Feuer, zündete sich einen Zigarillo an und lehnte sich zurück. «Ja», sagte er und blickte sinnierend einer Rauchwolke hinterher, die sich an der niedrigen Holzdecke kräuselte, «die Archäologen sind vielen Geschichten auf der Spur. Sie schauen hinter die Fassaden, legen frei, was der Verputz verbirgt, lesen rückwärts, dringen Schicht um Schicht in die Tiefe der Dinge vor.»

Eva meinte, eine gewisse Zweideutigkeit in Urs' Rede zu hören.

«Der Westhof zum Beispiel. Waren Sie schon im Westhof?»

«Im Westhof? Ich glaube nicht», sagte Eva, «ich bin ja erst heute Nachmittag angekommen und habe nur kurz in die Kirche geschaut.»

«Die Westfassade im Klosterhof müssen Sie sich unbedingt anschauen», fuhr Urs Andermatt begeistert fort. «Ungemein spannend, was alles in diesem Gebäude steckt. Und wie viel man mit blossem Auge erkennen kann. Im Streiflicht gegen Mittag sieht man förmlich jeden einzelnen Kellenstrich des historischen Verputzes. Und es braucht nicht viel Phantasie, sich den Maurer auf dem Gerüst vorzustellen, wie er mit der Kelle seine Striemen zieht.» Urs Andermatt ahmte die Bewegung mit der rechten Hand nach, malte mit dem glimmenden Zigarillo Rauchzeichen in die Luft. «Wenn man genau hinschaut, kann man über einem Fenster eine eingeritzte Jahreszahl entdecken. Und dann weiss man, wann unser Maurer auf dem Gerüst stand: Fünf-zehn-hundert-zweiundachtzig.» Er dehnte die Zahlen, schuf der Zeit Raum, zog Eva mit in die Vergangenheit. «Aber das ist noch lange nicht alles, was es da zu entdecken gibt», sagte er und machte eine bedeutungsvolle Pause. «An einer Naht, die durch die Fassade läuft, kann man einen dreigeschossigen Wohnturm erkennen – die Bischofsresidenz des frühromanischen Klosters.» Er hielt inne, legte seinen Zigarillo in den Aschenbecher, sah dem Verglimmen zu und sagte verschwörerisch: «Frühes elftes Jahrhundert.»

Der Wirt brachte den Wein, schenkte Urs Andermatt ein wenig ein, der hielt das Glas kennerhaft gegen das Licht, schielte in das schimmernde Rot, schwenkte das Glas, neigte die Nase feierlich hinein, hob das Glas zum Mund, nahm einen Schluck, kaute, schmeckte, schluckte und nickte endlich beifällig. «Gut», sagte er lächelnd zum Wirt, der das Ritual mit dem Gleichmut eines Messdieners verfolgt hatte, «ein guter Wein, vielleicht eine Spur zu kühl. Aber das gibt sich, danke.» Der Wirt entfernte sich vom Tisch und überliess es Urs Andermatt, Eva einzuschenken. Was dieser mit galanter Geste tat, denn er liebte es, den Charmeur zu spielen.

«Überhaupt der Klosterhof», fuhr er fort, «Sie glauben gar nicht, wie viel Geschichte unter diesem unscheinbaren Boden liegt.» Er hielt inne, sah Eva an und sagte: «Möchten Sie überhaupt noch mehr hören?»

Eva nickte: «Sehr gerne, ja!»

«Vor einigen Jahren stiess man auf die Fundamente eines grossen Saals. Eines Saals mit einem durchgehenden Mörtelboden auf Steinbett, mit Stützenfundamenten und Ofensockeln. Wahrscheinlich hatte der Raum einst Zwischenwände, vielleicht sogar eine Galerie. Wahrscheinlich hatte man den Speise- und Festsaal des karolingischen Klosters entdeckt. Stellen Sie sich vor: ein Winterabend um das Jahr achthundert, nicht lange nach der Klostergründung, es schneit unablässig, so wie jetzt.» Urs Andermatt deutete in Richtung Fenster, und Eva folgte seinem Fingerzeig. «Der König, ja, Karl der Grosse selbst und sein Gefolge haben sich über den verschneiten Pass durch Kälte und Schneestürme gekämpft, sind halb erfroren und hungrig angekommen und sitzen nun im gut geheizten Gästesaal des Klosters zu Tisch.»

«Eine schöne Vorstellung», sagte Eva und nahm das letzte Stück Brot aus dem Korb mit dem rotkarierten Deckchen.

«Es dauert manchmal mit dem Essen», sagte Urs, der Evas Gedanken erraten hatte, «aber es wird Sie versöhnen.»

«Hoffentlich.»

In Evas Kopf begannen sich Räume, Zeiten und Gefühle zu vermischen. Der eigenartige Sog der Vergangenheit, ein erregender Anfang, Hunger und eine unbestimmte Sehnsucht.

Urs Andermatt gab wieder den Wissenschaftler: «Dank einer speziellen Methode kann man das Alter von Holz exakt bestimmen. So liess sich aus einem Balkenstück vom Kirchengiebel das Baujahr der Kirche ermitteln. Sieben-hundert-fünfundsiebzig. Stellen Sie sich vor: Die Baustelle liegt im breiten Talboden. Aus

Feldsteinen und Holz aus den nahen Wäldern, aus Mörtel, Kalk und Marmor wird eine Kirche errichtet, wird ein Kloster gebaut.»

Eva sah eine Baumkrone schwanken, hörte ein splitterndes Krachen, sah einen Baum aufschlagen, sah die Axt auf den Waldboden sinken, sah den Baumfäller sich die Stirn wischen, roch das Harz, spürte eine ferne Frühlingssonne. Die Archäologen sind Zauberer, dachte Eva. Aber sie wissen es nicht.

Der Wirt hatte die Suppe gebracht, und der Dampf, der aus den Tellern aufstieg, mischte sich zwischen den erhitzten Gesichtern.

Eva fand die Suppe köstlich. «Und warum hat man ausgerechnet hier ein Kloster gebaut?», fragte sie.

Urs blies in seinen Löffel. «Oh, das ist ganz spannend!» Er nahm noch zwei Löffel Suppe und sagte: «Ich hatte nicht zu viel versprochen, oder?»

«Ganz und gar nicht», sagte Eva und schaute Urs erwartungsvoll an.

«Zur Klostergründung gibt es zwei Versionen. Eine nüchterne und eine poetische. Welche möchten Sie hören?»

Eva lächelte und wollte etwas sagen. Doch Urs kam ihr zuvor: «Ich erzähle Ihnen beide.» Er strahlte Eva mit einem jungenhaften Lächeln an: «Und ich glaub, ich weiss auch schon, welche Sie lieber mögen werden. Zuerst die nüchterne, einverstanden?»

Eva nickte.

«Die Gründung des Klosters war ein machtpolitischer Schachzug von Karl dem Grossen. Der Ort lag im Schnittpunkt wichtiger Alpenpässe und strategisch ideal für seine geplanten Kriegszüge gegen die Bajuwaren und Langobarden. Doch kaum waren beide unterworfen und die Reichsgrenzen verschoben, verlor das Kloster seine politische Bedeutung wieder. Und so ist es im Prinzip tausend Jahre lang geblieben: Mal stand das Kloster im Zentrum irgendwelcher Interessen – dann wurde gebaut, vergrössert, verändert. Oder geplündert und gebrandschatzt. Und über lange Zeiten stand es am Rand des Weltgeschehens, und es passierte gar nichts.» Urs hielt inne. «Aber ich wollte Ihnen ja noch die andere Gründungsgeschichte erzählen.»

«Die poetische», sagte Eva.

«Ja, die Legende. Sie erzählt, dass Karl der Grosse auf dem Rückweg von der Kaiserkrönung in Rom am Umbrailpass in einen schlimmen Schneesturm geriet und in seiner Not gelobte, ein Kloster zu stiften, wenn er den Sturm nur überlebte. Er kam heil durch, erfüllte das Gelübde und gründete das Kloster.»

«In dem er sich dann selbst auch aufwärmen und stärken konnte.»

«Ja, genau!», lachte Urs, «Sie lernen schnell!»

«Die Legende gefällt mir.»

«Also hatte ich Recht.»

Eva nickte lächelnd und nahm einen Schluck Wein.

Der Wirt trat leise an den Tisch, nahm die Suppenteller und fragte: «Darf ich den Hauptgang servieren?»

«Gerne», sagten Urs und Eva wie aus einem Mund.

Urs sah Eva an. «Und glauben Sie nicht, dass wir mit der Klostergründung im achten Jahrhundert nach Christus schon am Ende der Geschichte sind. Oder am Anfang.» Er genoss Evas Verblüffung, nahm einen Zigarillo aus der Packung, zündete ihn in aller Ruhe an und liess kleine Rauchwolken steigen.

Eva schaute ihn fragend an.

«Dieses Stück Erde», begann er, «war schon lange vor der Klostergründung besiedelt.» Er schenkte Wein nach, hob sein Glas, sah Eva in die Augen und trieb sein Enthüllungsspiel weiter. Brachte immer neue Dinge ans Licht: Fundstücke der Römerzeit, Fragmente der Bronzezeit. Grundrisse von Gebäuden, Pfeilspitzen, erloschene Feuerstellen, russgeschwärzte Kochtöpfe aus

Lavez, Bruchstücke von Bechern, Schüsseln, Alltag. Bronzene Ringe und Armreifen, Fibeln unter Patina, Scherben mit glitzernden Oberflächen und Verzierungen.

«Ja», Urs strahlte Eva unverhohlen an, «der Sinn für Schönheit reicht weit zurück.» Und nach einer Pause: «Nein im Ernst, das Suchen hört niemals auf. Jedes Fundstück gibt neue Rätsel auf, jede freigelegte Schicht birgt neue Geheimnisse.»

Eva war beinahe schwindlig von so viel aufgeworfener Zeit. Hinter ihren Lidern schillerten nie gesehene Farben. Ein diffuses Licht fiel auf eine alte, lange vergessene Neugier.

«Die Suche nach dem Anfang kommt nie wirklich an ein Ende», sagte Urs. «Es gibt da *noch* eine grossartige Geschichte.» Er beschrieb mit der Hand einen Kreis über dem Tisch. «Die Geschichte vom Anfang der Berge um uns herum, von der Entstehung der Alpen, ja – Erdgeschichte eigentlich.» Er strahlte und sagte mit unwiderstehlichem Charme: «Möchten Sie?»

Eva nickte lächelnd. Sie genoss das Gefühl der Verzauberung.

«Die Geschichte beginnt mit dem Auseinanderdriften zweier Kontinente, aus dem ein Meer entstand: Tethys. Es existierte viele Millionen Jahre lang, bis ein Gedränge und Geschiebe nordwärts entstand und der Meeresboden empor tauchte.» Urs' Hände übersetzten die Erdbewegungen, von denen er sprach, in grosse weiche Gesten.

Ob er weiss, dass er ein Zauberer ist, dachte Eva.

«Was zuunterst lag, wurde nach oben geschafft, schichtweise aufgeworfen, hochgedrückt und fortgeschoben. Zu bizarren Formen aufgetürmt, weitergetrieben, gefaltet. Gebirge wie urzeitliche starre Wäschestücke wurden wieder verworfen und zerrissen. Ihre Flanken lagen bloss, waren allem ausgesetzt. Dann kamen Eiszeiten über sie, Gletscher schliffen sie ab, höhlten die Täler aus, machten sie tiefer und weiter. Das alles geschah mit atemloser Langsamkeit, und das Land blieb besänftigt zurück.» Urs lehnte sich erschöpft in seinen Stuhl.

Eva liess die feine, pochende Erregung zu, die Urs' Schilderung in ihr ausgelöst hatte. Schob den Gedanken an Thomas beiseite.

Urs nahm langsam das Weinglas und sagte im Ton eines Schlusssatzes: «Das alles geschah vor vielen Millionen Jahren, aber geologisch gesehen war es gestern.» Und dann zauberte er für Eva ein Bild, in das sie sich sofort verliebte: «Ein Tal», sagte Urs Andermatt, «ein Tal ist ein Augenzwinkern Erdgeschichte.»

Urs war in Evas Seele auf zugemauerte Türen gestossen, hatte Steine weggeschlagen, eingerostete Schlösser freigelegt. Aber das wusste er nicht.

Er bestellte noch eine Flasche Wein.

Erinnerungen

Jetzt fiel der Schnee wie feiner Puder, schwebte wie Staub im Licht. Ein leiser, verhaltener Tanz. Eva lachte. Sie war leicht beschwipst vom Wein und von Urs Andermatt. Von seinem Charme, seinem Erzählen und dem, was er bei ihr angerührt hatte. Sie genoss die Kälte der Luft und das Gehen durch den frischen Schnee. So viel Geschichte auf so einem kleinen Flecken Erde, so viele Jahrhunderte an einem Abend, dachte sie. Ein Tal ist ein Augenzwinkern Erdgeschichte.

Wenige Strassenlaternen streuten bleiches Licht. Die weissgepolsterten Weidezäune geleiteten sie. Am Horizont das gelbe Leuchtband der Shell-Tankstelle.

Als sich das Dorf ins Offene verlor und neben dem Weg sanft ein Schneefeld abfiel, glitt Eva ab. In eine lange verschüttete Zeit.

Sie war sieben Jahre alt, stand oben an der Schlittelpiste, aufgeregt hüpfend, bis Papa sie endlich auf den Schlitten setzte und mit ihr hinuntersauste, es war herrlich. Seine Stiefel wie schwarze Kufen im stiebenden Schnee. Unten stand Mama, die Arme weit ausgebreitet. Eva liess sich kreischend vor Glück vom Schlitten fallen, wälzte sich im Schnee, bis sie eingeholt und festgehalten wurde. Von Mamas weichen Pelzmantelarmen und dann von den kräftigen Handschuhhänden Papas, der sie lachend hochhob und herumwirbelte. Ein kleiner Engel in seinem blauen Element, ein Zirkuskind. Bis Papa sie abermals auf den Schlitten setzte und den Hang hinaufzog. Sie konnte nicht genug kriegen, schrie ‹nochmal, nochmal›.

In Evas Erinnerung war der Schnee warm.

Sie fand Thomas' Nummer auf dem Display. Oh Gott, er würde wissen wollen, wann sie käme, würde sich Sorgen machen, sie kannte ihn. Eva zog die Vorhänge zu, ging ins Bad, sah in den Spiegel, um die Kindheitsbilder abzuschütteln, um wieder in der Gegenwart anzukommen. Im Zimmer setzte sie sich an den kleinen Tisch, schob das Zierdeckchen beiseite, zog den Aschenbecher zu sich, nahm eine Zigarette, legte sie gleich wieder weg und drückte auf den Knopf mit dem kleinen grünen Hörer. Wand sich vor Unbehagen.

«Thomas? Ja, ich bin's. Bitte entschuldige, dass ich mich erst jetzt melde, ich hab's früher am Abend schon versucht, aber du warst nicht da.»

«Macht nichts, bist ja gleich hier, oder? Du hast sicher einen Riesenhunger.»

«Thomas, bitte, sei mir nicht böse, es ist etwas dazwischen gekommen.»

«Um Gottes Willen, was ist denn passiert?»

«Nichts, es ist nur ..., der Ofenpass wurde heute Nachmittag geschlossen, es schneit hier seit Stunden.»

«Heisst das etwa, du bist immer noch in diesem Bergnest?»

«Thomas, bitte, ich komm hier nicht weg, ich musste mir ein Zimmer nehmen.»

«Eva, das darf doch nicht wahr sein!» Jetzt wurde Thomas laut. «Erst sagst du, du kommst später, und dann kommst du überhaupt nicht.» Seine Stimme kippte in eine atemlose Ungläubigkeit. «Und das sagst du mir erst jetzt? Und ich Idiot kauf auch noch extra ein, bring die Wohnung auf Hochglanz, damit ...»

«Thomas, bitte ...»

«Du hättest wenigstens mal Bescheid sagen können!»

Eva, kleinlaut: «Ich hab's ja versucht ...»

Aufgelegt.

«Dann eben nicht», schnaubte Eva, fühlte sich elend vor Wut, schlechtem Gewissen und Erschöpfung, warf sich aufs Bett und vergrub ihr Gesicht im Kissen.

Als sie wieder erwachte, lag ein Zipfel der Bettdecke wie eine Hand auf ihrer Schulter. Sie hörte die Kirchturmglocke elf Mal schlagen. Ein warmer, weicher Klang.

ZWEITER TAG

Der Tod auf dem Dachboden

Urs Andermatt spürte den langen Abend und den Wein, die leichte Benommenheit war ein wohliges Gefühl. Sie passte zu diesem frühen Morgen mit seinem vielen Schnee, der träge wie ein schlafendes Pelztier zwischen den Häusern lag. Die Hauptstrasse war schon geräumt, Schneesäume rechts und links, die wenigen parkenden Autos steckten bis zu den Fenstern im Schnee. Der Plaz Grond diente als Schneeabladeplatz, und alles, was ihn zum Dorfplatz machte, war hinter Schnee verborgen oder unter Schnee begraben. Nur das Eisenschild mit den erhabenen Buchstaben hing über allem und behauptete die Würde des Platzes gegen die Vergänglichkeit des Schnees. Die Tür zum Landwirtschaftshof war weiss beflockt. Von einem Plakat an der Anschlagtafel blitzte eine neonfarbene Schlagzeile heraus: ‹Bal da Mascras›, doch hätte sich jemand dafür interessiert, wäre es vergebliche Liebesmüh gewesen, denn der annoncierte Maskenball war längst vorbei. Es war Fastenzeit.

Urs stapfte durch den unberührten Schnee im Klosterhof, bahnte sich einen Weg zur Pforte, die zum romanischen Kreuzgang führte. Er wunderte sich über die unverschlossene Tür, rief «Hallo, hallo, ist da jemand?», bekam keine Antwort, ging über schwankende Bretter durch die aufgegrabenen Gänge, an blinden Fenstern, schweren Truhen und langen Tischen vorbei, auf denen Geranien zum Überwintern standen. Er ging verwinkelte Treppen hinauf, über knarrende Dielen, bis er zu dem Gerüst kam, über das man in den Dachraum der Kirche gelangte. Er kletterte hinauf, zog den Laden auf, duckte sich unter den niedrigen Bogen, kroch in das zugige Halbdunkel und merkte sofort, dass etwas nicht stimmte.

Er tastete sich zum Lichtstativ vor, schaltete den Scheinwerfer ein, stieg auf eine Trittleiter und suchte den welligen Boden, die Gegenseite des gotischen Gewölbes, mit den Augen ab. Er registrierte einen umgekippten Hocker, einen umgestürzten Stapel Holzkisten. Die bemalten Fragmente des karolingischen Verputzes, die sie mühsam gesammelt, gesiebt und sortiert hatten, lagen auf dem Boden verstreut. Ein Stück Plastikplane hing an einem Balken und bewegte sich leise raschelnd. Weiter entfernt, auf einer Wölbung im hinteren Teil des Raums sah Urs ein dunkles Bündel liegen, Decken, Planen oder Säcke, es war nicht genau zu erkennen. Er sprang von der Leiter, lief über die rauen Bodenwellen, durch Schutt und Staub, ging die letzten Meter langsam auf das Bündel zu, sah Schuhe, Hosenbeine, Mantel und dann die gebrochenen Augen des Mannes, die in den Dachstuhl starrten. Der leblose Körper lag auf einer Gewölbekuppe, grotesk verdreht, der rechte Arm ausgestreckt, die Hand verkrampft, als hätte sie in einer letzten vergeblichen Anstrengung versucht, Halt zu finden. Hosenbeine und Schuhe waren hell vor Staub. Die Stirn war verletzt, eine Blutspur lief über die Wange und in den Nacken. Der Kopf hing zurückgebogen über der scharfen Kante der Kuppe. Im Staub darunter zeichnete sich ein feines, dunkles Rinnsal ab. Urs trat einen Schritt zur Seite, versuchte nichts zu berühren, keine Spuren zu verwischen, alles so zu lassen wie es war. Es würde Untersuchungen geben, möglicherweise war hier ein Mord passiert, jedenfalls lag da ein Toter, auf dem Dachboden der Kirche. Urs ging vorsichtig zurück, Schutt knackte unter seinen Füssen, er duckte sich unter den niedrigen Bogen, zwängte sich hinaus, schloss den Laden, lief über knarrende Dielen, verwinkelte Treppen hinunter, an Tischen, Truhen, blinden Fenstern vorbei, über schwankende Bretter ins Büro und wählte die Notrufnummer der Polizei.

Jon Battista Raffina versprach, sofort zu kommen.

Das Kloster im Schnee

Es waren wieder die Glocken der Kirche, die Eva weckten. Der warme, weiche Klang. Sie stand auf, zündete sich eine Zigarette an, trat ans Fenster, zog den Vorhang auf und sah ein Bild, das sich wie ein Blitz in ihre Seele brannte: das Kloster im Schnee, eine helle Festung, die zu schweben schien, ein Schloss, hoch über der Welt. Eine eisgraue Wolkendecke wehte darüber hin, von irgendwo kam ein überirdisches Leuchten. Eva starrte gebannt, die Hand noch am Vorhang, Asche rieselte auf den Boden. Sie wollte die Kamera holen, das Bild festhalten, konnte sich nicht losreissen, konnte nicht aufhören zu schauen, schloss die Augen und schlug sie wieder auf, um sich zu vergewissern, dass sie nicht träumte. Das Bild war immer noch da. Die Schneefläche wie Silber, das warme Ocker der Wände, die Zinnentürme wie Himmelstreppen. Eva wehrte sich nicht gegen das Gefühl, das sie durchströmte, es war feierlich und erhebend, wie das Gefühl beim Start eines Flugzeugs, das Kribbeln im Bauch beim Abheben, die Erregung beim Durchstossen der ersten Wolken, das Einverstandensein mit allem, was kommen wird.

Endlich liess Eva den Vorhang los, wollte die Kamera holen, als sich in dem Bild plötzlich etwas bewegte. Eine Ordensschwester ging, altersschwer und nach vorne gebeugt, über eine Bretterrampe in den tief verschneiten Klostergarten. Sie trug eine graue Schürze über dem schwarzen Gewand, zog eine Schneeschaufel hinter sich her, die rechte Hand steckte in einem grasgrünen Gummihandschuh. Am Ende der Rampe angekommen, tat sie einen beherzten Schritt in den Schnee und begann zu schippen. Es war mehr ein Sinkenlassen der Schaufel, ein mühevolles Stochern im Schnee, und so gelangte immer nur ein winzig kleines Häufchen Schnee auf die Schaufel, wovon die Hälfte wieder herunterrutschte, wenn sie ausholte, um die Ladung zur Seite zu kippen.

Sie kam kaum voran. Aber das schien nebensächlich zu sein. Das Schneeräumen war Gottesdienst, Bussandacht, Kreuzweg. Jede Schaufel eine Station auf dem Weg zum ewigen Leben.

Ein Glöcklein begann zu läuten, und sogleich hielt die Schwester inne, hob den Kopf, neigte ihn zur Seite wie ein Vögelchen, liess die Schaufel fallen, drehte sich um und ging eiligen Schritts über die Rampe zurück ins Kloster. Beinahe beschwingt. Die graue Schürze flatterte.

Aufregung im Klosterhof

Was für ein Hallodri dieser Wind heute Morgen wieder war. Anna fluchte leise, stellte den Schubkarren mit dem Holz ab, um sich zu bekreuzigen, als Busse für den Fluch. Sie bückte sich, um einen Papierschnipsel aufzuheben und gleich noch einen. Ein kurzbeiniger Hund lief neben ihr her, wälzte sich übermütig im Schnee und stand, ein weisses Hütchen auf dem Kopf, schwanzwedelnd vor der alten Magd. Anna verzog das Gesicht zu einem Grinsen und stiess den Karren weiter durch den Klosterhof. Sie trug eine Gummischürze über einer Strickjacke über einer grossgeblümten Kittelschürze. Dazu schwarze Gummistiefel und ein beigebraun kariertes Kopftuch. Das Ungewöhnlichste an ihr aber war ein seltsam gebogener Rücken, der sich unter den vielen Lagen Stoff krümmte. Er war nach vorne geknickt und zur Seite geneigt. Die Verwerfungen einer unerhörten Lebensgeschichte.

Seit mehr als zwanzig Jahren ass Anna ihr Gnadenbrot als Magd im Kloster. Dafür verrichtete sie, mehr schlecht als recht, kleine Arbeiten für die Schwestern. Sie galt als beschränkt, was sie zweifellos war, doch gab es seltsame Brechungen in ihrer Beschränktheit. Wo immer sie es her hatte, sie legte auffallend grossen Wert auf Ordnung und Manieren – Fluchen ausgenommen.

Wenn etwa das Besteck oder die Serviette nicht im richtigen Abstand zu Teller und Tischkante lagen, wenn jemand hustete oder gähnte, ohne die Hand vor den Mund zu halten, tadelte sie dies mit der Herablassung einer Gouvernante. Nie sah man sie auch nur hüsteln, ohne dass sich ihre Hand anmutig vor den Mund gehoben hätte. Und sie schaute im Klosterhof nach dem Rechten, sorgte für Ordnung, auf ihre Art.

Anna reckte den Hals und stellte den Karren ab. Da lag noch etwas, das da nicht hingehörte, noch zwei Schnipsel Papier oder Karton. Sie ging auf das Lumpenpack, das elendigliche zu, doch der Wind kam ihr zuvor und trieb die Schnipsel weiter, sie flogen auf, flatterten, drehten sich, rutschten über den Schnee, einer blieb hier, der andere dort kurz liegen, und dann trieben sie wieder ihren Schabernack mit der armen alten Anna. Sie stampfte hinterher, fluchte weniger leise, vergass das Bekreuzigen, streckte drohend den Zeigefinger in die Luft, der Hund sprang kläffend nebenher, noch einmal schnappte der Wind Anna die Schnipsel vor der Nase weg, bis sie endlich in einem Schneehaufen an der Stallmauer liegen blieben. Dann war Anna zur Stelle, bückte sich umständlich und packte die beiden am Schlafittchen, als wären es ausgebüxte junge Katzen. Der Hund schlug Purzelbäume und bellte. «Ksch!» zischte Anna so scharf, dass er augenblicklich still war. Sie hob die Schnipsel auf und besah sich den ersten neugierig. Eine Figur war darauf, eine Figur in einem gelben Kleid, die anmutig eine Schüssel in die Höhe hielt, nach der zwei andere Hände griffen. Auf dem zweiten waren gelbe Schüsseln und andere gelbe Sachen auf einem weissen Tuch. Unter Gummischürze, Strickjacke, Kittelschürze und weiteren Lagen Stoff pochte Annas Herz. Sie nestelte nervös an den Zipfeln ihres Kopftuchs, ein heftiges Zucken verzog ihr den Mund. Sie kramte in ihrer Schürzentasche, fand nichts, ah ja, im Schubkarren lag noch ein Schnipsel. Tatsächlich, er war von der gleichen Art. Es war zwar nichts Bestimmtes darauf zu erkennen, nur Farben: Weiss, Gelb, Rot und Braun mit einem seltsamen Strichmuster. Was Anna auf den Schnipseln sah, kam ihr irgendwie bekannt vor, sie hatte das alles schon einmal gesehen, aber wo? Sie drehte ihre Fundstücke um und fand auf der Rückseite eine verwischte schwarze Tintenschrift. Lesen war nie Annas Stärke gewesen, und so wandte sie sich gleich wieder der Bildseite zu. Ganz ausser Zweifel stand, dass sie einen bedeutenden Fund gemacht hatte, dass sie nicht weniger als einen Schatz entdeckt hatte. Anna sah sich vorsichtig um, ob sie auch niemand beobachtete, raffte umständlich die Gummischürze zur Seite und verbarg ihre Schätze in der Tasche ihrer Kittelschürze. Den Schubkarren liess sie stehen wo er stand, mitten im Klosterhof. Sie vergass, dass das Holz an einen bestimmten Platz gebracht werden musste. Wenn nicht, dann gnade ihr Gott.

Kommissar Harry Koller schaltete hektisch in einen höheren Gang. Jetzt musste er auch noch einen Riesenumweg fahren, weil der Ofenpass geschlossen war, dabei warteten die in Müstair, oder wie es auf Deutsch hiess, Münster, dringend auf ihn. «Koller, tut mir Leid um Ihr Wochenende, aber jetzt müssen Sie ran!», hatte sein Chef am Telefon gesagt, heute, Samstagmorgen, es war noch nicht einmal acht Uhr gewesen. Er hatte gerade Kaffee aufgesetzt, in den Geschirrhalden auf dem Spülstein nach einer brauchbaren Tasse gesucht, wollte sich einen gemütlichen Tag machen, schliesslich war heute das Viertelfinale. Ein verdammt wichtiges Spiel. «Sie wissen ja», hatte Steiner weiter palavert, «ich bin unterwegs zu einem Kongress in Bern, und Hohenegger fällt noch eine Woche länger aus, er rief mich gestern aus dem Spital an.» Und dann hatte er gemeint, er müsse ihm Honig ums Maul schmieren, der falsche Hund: «Sind ja lange genug dabei, Koller, Sie machen das schon, alter Hase, alte Spürnase, hähähä! Und,

Koller: Immer diplomatisch bleiben. Und noch was: Halten Sie mich unbedingt auf dem Laufenden!» Zuerst hatte Koller eine Riesenwut gepackt, dann die schiere Angriffslust: «Wartet nur, Ihr Diplomschnösel!», hatte er geschimpft und dem aufgelegten Telefon mit der Faust gedroht, «Euch werd ich's zeigen!» Und so war Kommissar Koller – 58, Drückeberger vom Dienst, schmuddelig vor Geiz, zerfressen von Missgunst, immer und überall auf das Schlechte aus, dabei blind vor Selbstgefälligkeit und krankhaft fussballbesessen – unterwegs in den äussersten Zipfel des Kantons, wo sie auf dem Kirchendachboden einen Toten gefunden hatten und Unterstützung brauchten. Koller fuhr wie ein Verrückter, misshandelte seinen Dienstwagen vor Zorn. Und da war noch etwas, das aus den düsteren Tiefen seiner Seele hochkroch und sich breit machte wie Säure, wie altes Öl: die nackte Panik, dass er das Fussballspiel versäumen könnte. Er fuhrwerkte am Radio herum, wollte Nachrichten hören, wollte etwas über die Aufstellung des FC erfahren, empfing nichts als Rauschen, Rauschen wie Hohngelächter. Er drückte das Gaspedal durch bis zum Anschlag, bis der Motor schrie.

Als die Post kam, entliess Ida Prezios, Evas Pensionswirtin, ihren einzigen Gast gnädig aus dem Frühstücksgespräch: «Jetzt entschuldigen Sie mich aber», sagte sie, im Stehen durch die Zeitung blätternd, «ich muss schauen, wer gestorben ist», und zog sich an den Ofentisch im hinteren Teil der Gaststube zurück.

Der Vormittag war frisch und kalt, der gefrorene Schnee knisterte unter Evas Schritten. Sie atmete die prickelnde Luft tief ein, konnte den Blick noch immer nicht vom Kloster lassen, zappte hin und her zwischen dem Bild der schwebenden Festung und dem Versuch, die Anlage zu durchschauen. Türme, Kirche, Kapelle, Zinnen, auf- und abspringende Dachlinien, ineinandergefügte Mauern. Bei aller Strenge war da etwas Verspieltes, Heiteres, Leichtes. Und vielleicht gerade deshalb wirkte das Kloster so, als hätte es gar nicht anders sein können, als wäre es nie anders gewesen. Dass diese Ansicht grundfalsch war, hätte Eva nach allem, was Urs Andermatt erzählt hatte, ja wissen müssen. Dass es die typische Annahme einer naiven Seele war, die nur das Hier und Jetzt kennt, die von der Vergangenheit nichts wissen will und schon wieder vergessen hat, was gestern war.

Eva liess das Kloster grossartiges Bild sein, liess es im linken Augenwinkel mitwandern, als sie auf dem glitzernden Schneeweg weiterging. Der Himmel war blassblau, nur über den Bergflanken hingen noch lichtgraue Wolken, wie eingewickelte Bonbons. Die schwarzen Alpendohlen auf den weissen Dächern, eine ungeduldige Festgesellschaft.

Der Schnee hatte die Welt verzaubert. Schnee wie Mailaub in den Büschen, Schnee, der den Weg der Katze verriet, Schnee, der Schilder überschrieb und Verbote aufhob, Schnee, der aus der Holzbank am Weg ein weisses Sofa gemacht hatte, Schnee wie gleissender Marmor bis zum Horizont. Und im selben Moment sah Evas fotografisches Auge avantgardistische Möbel auf diesem kostbaren Boden vor der grandiosen Kulisse des Klosters. Sah Sofas, Sessel, Tische und Leuchten mit Türmen und schwebenden Dächern, mit Mauern und verdoppelnden Schattenlinien in eine formale Spannung gebracht, dass ein Funke übersprang von der einen Welt zur anderen. Wie vergänglich dieser Marmor war, daran dachte Eva Fendt nicht.

Im Klosterhof herrschte helle Aufregung. Polizeiautos und andere Fahrzeuge standen kreuz und quer, der Schnee war von Reifenspuren zerkratzt und von Schuhabdrücken zertrampelt. Ein rotweisses Plastikband versperrte den Weg zu einer Pforte, die unter dem Bogen einer Aussentreppe lag. Der Hof war voller schwatzender Menschen: Leute vom Klosterhof, Leute aus dem Dorf, Frauen mit Einkaufstaschen, Kinder in Skikleidung, Touristen, Passanten und Anna, die krumme Magd, die aufgeregt ihre Kartenschnipsel herumzeigte, doch alle winkten nur ab. Anna sah Eva von schräg unten an, hielt ihr drei Schnipsel hin und murmelte etwas Unverständliches. Eva nahm die Schnipsel in die Hand, betrachtete sie von allen Seiten und las laut, was von der verwischten Schrift noch zu entziffern war: «Gebt mi», und: «lome». Anna freute sich wie ein Kind, dass jemand sie erhört hatte, plapperte nach, was sie behalten hatte: «Gebt mi», sagte sie, «Gebt mi», und ging aufgeregt weiter, ihre Schnipsel hochhaltend wie frisch geweihte Palmzweige.

«Endlich, der Herr Kommissar!», rief Jon Battista Raffina, der Dorfpolizist, ein Mann Mitte fünfzig, mit wachen Vogelaugen und grossen Tränensäcken, als ein Auto mit viel zu hohem Tempo durch das Tor an der Strassenseite des Hofes fuhr und abrupt zum Stehen kam. Alle Blicke richteten sich auf den Wagen. Raffina eilte hinüber und riss mit Wichtigkeit die Tür auf. Ein kurzer Handschlag, ein rascher Wortwechsel, und die beiden eilten in Richtung Pforte. Koller war ein langer, schlacksiger Mensch mit merkwürdig unkoordinierten Bewegungen, dünnem Haar und grimmigem Blick. Raffina schwante Böses, er schnaufte einmal kräftig durch und beschloss im selben Moment, die Rolle des ergebenen Dorfpolizisten ohne Wenn und Aber zu spielen. Er bahnte eine Gasse durch die Zuschauer, hob mit grosser Geste das Absperrband hoch und liess dem Kommissar den Vortritt. Unter heftigem Gestikulieren und im unübersehbaren Bewusstsein, dass einer des anderen Wichtigkeit durch den eigenen Auftritt erhöhte, verschwanden sie in der Pforte. Im Klosterhof blieben alle Gesichter auf die Pforte gerichtet.

«Was ist denn passiert?», fragte Eva den Mann im blauen Arbeitsanzug, der neben ihr stand.

«Auf dem Kirchendachboden wurde ein Toter gefunden.»

«Mein Gott!», sagte Eva, und nach einer Schrecksekunde: «Ein Unfall?»

Der Mann zuckte mit den Schultern und sagte: «Man weiss es noch nicht genau. Die Kriminalpolizei ermittelt. Und das heisst nichts Gutes.»

Als hätte man einem zufrieden spielenden Kind eine Ohrfeige verpasst, ohne Andeutung, ohne Grund, so fühlte sich Eva. Der Schreck riss sie aus ihrer Schneeseligkeit, und ein paar vergessene Dinge waren wieder da: die unheimlichen Erlebnisse gestern in der Kirche, der Streit mit Thomas.

Um sie herum das aufgeregte Reden und Gestikulieren der Wartenden. Die Alte mit den Kartenschnipseln sass auf einer Bank neben der Pforte, den krummen Rücken an die Wand gelehnt, und besah sich, unentwegt den Mund bewegend, ihre Schätze. Der kurzbeinige Hund döste unter der Bank. Eva schaute sich um. Das war also der Westhof, von dem Urs erzählt hatte. Eine Arena der Weltgeschichte, an deren Boden sich die Zeit teilte. Unten Urzeit, Bronzezeit, Römerzeit, frühe Klosterzeit. Oben spätgotische Fassaden, die Fensterreihen der Nonnenzellen, die Rundbögen der Tortürme, die Stalltüren der Landwirtschaft, die Büros der Archäologen. Und die Pforte, auf die sich alle Blicke richteten.

Als wäre es Teil einer makaberen Inszenierung, begannen die Kirchenglocken zu läuten, als sich die Pforte öffnete, ein Blechsarg an den Wartenden vorbeigetragen und in einen dunklen Wagen mit getönten Scheiben gebracht wurde.

Kurz darauf öffnete sich die Pforte erneut, und der Kommissar stolzierte heraus, als träte er in ein Blitzlichtgewitter der Presse, die Stirn fotogen in Falten gelegt. Ein Raunen ging durch die Menge. Koller führte Urs Andermatt am Arm. Urs, mit hängenden Schultern, gesenktem Blick. Raffina überholte, hob das Absperrband hoch und liess die beiden passieren. Seine Miene war von feierlichem, fast tragischem Ernst. Als ihm einige der Umstehenden auf Rätoromanisch Fragen zuriefen, antwortete er auf Rätoromanisch, was ihm einen abgrundtief bösen Blick von Koller einbrachte. Botschaft: Wenn hier jemand zur Öffentlichkeit spricht, dann der Kommissar und nicht der kleine Dorfpolizist! Raffina hatte verstanden, schlug die Augen nieder und schloss sich demonstrativ dem Kommissar an, der Urs zum Wagen brachte und im Fond platzierte. Raffina schlug zuerst die hintere, dann Kollers Tür zu, lief um den Wagen herum, hechtete auf den Beifahrersitz, Koller liess den Motor an, gab übertrieben Gas, wendete unvorstellbar umständlich, manövrierte den Wagen endlich durchs Tor und fuhr talaufwärts.

Als wäre eine Theatervorstellung zu Ende gegangen, leerte sich der Hof in kürzester Zeit. Nur die Alte mit den Kartenschnipseln war noch da. Der dösende Hund unter der Bank, der plätschernde Brunnen, ein Schubkarren mit Holz. Eva liess sich von den aufliegenden Dohlen aus ihren Gedanken reissen, folgte dem Schwarm, sah der schwarzen Wolke nach, bis sie zerriss. Bis ihr schwindlig wurde. Bis der Schnee unter ihren Füssen matschte.

Kommissar Koller ermittelt

Urs Andermatt hatte seine Entdeckung auf dem Dachboden zu Protokoll gegeben und jede Einzelheit, jede Auffälligkeit exakt beschrieben. Währenddessen war Koller mit rotem Kopf im Büro hin- und hergelaufen, hatte, wenn er mal ein paar Minuten sass, einen wirren Takt auf die Tischplatte gehämmert, mal mit der Hand, mal mit dem Kugelschreiber. Urs tauschte ab und zu einen

Blick mit Raffina, der das Protokoll aufnahm, und gab sich Mühe, ruhig zu bleiben.

Koller schaute Urs herausfordernd an und sagte unfreundlich: «Was um alles in der Welt haben Sie, Herr Aufdermauer ...»

«Andermatt, Herr Kommissar.»

«... denn an einem schönen Samstagmorgen auf diesem absonderlichen Dachboden zu suchen?» Es klang wie eine Beschuldigung.

«Ich arbeite an einem Forschungsprojekt über das Mauerwerk der Kirche, und da spielt der Dachboden eine besondere Rolle», sagte Urs Andermatt so ruhig wie möglich und dachte, ‹was für ein unsympathischer Zeitgenosse, dieser Kommissar›.

«Ah ja», sagte Koller mit verächtlich langgezogenem ‹Ah› und spitzem ‹ja›. «Und das ist spannender als ein freies Wochenende? Oder läuft Ihnen sonst die Kirche davon?» Koller hatte eine unangenehm gepresste Stimme und eine groteske Art zu sprechen. Er betonte vollkommen gegen den Sinn, zog Wörter willkürlich zusammen (‹wasumallesinderwelt›, ‹diesemabsonderlichen›), wechselte vom gerollten zum liquiden ‹r› und zurück, artikulierte das ‹t› übertrieben hart, jedes ‹t› war eine Detonation. Zu allem Überfluss begleitete er seine Rede mit einer völlig asynchronen Gestik.

«Ich habe einen Publikationstermin», antwortete der Archäologe trocken und ahnte, dass seine Gelassenheit einen wie Koller erst recht provozieren würde.

«So», sagte Koller spitz, «einen Publikationstermin.» Er nahm einen Stuhl, setzte sich rittlings darauf, scharrte mit den Füssen, krallte sich an der Lehne fest, dass die Knöchel weiss wurden und zischte: «Wo waren Sie am Freitagnachmittag und -abend?»

«Ich ...»

«Ganz exakt und so, dass wir jede Angabe überprüfen können.»

«Ich war mit dem Archäologenteam in einer Besprechung. Sie begann um 16 Uhr und dauerte bis kurz vor 19 Uhr, anschliessend bin ich direkt ins Gasthaus gegangen und habe dort zu Abend gegessen.»

«Gibt es dafür Zeugen?»

«Im ersten Fall das gesamte Team, im zweiten Fall den Wirt des Gasthauses. Und eine Fotografin namens Eva Fendt, sie wohnt in der Pension Ida.»

Koller schaute zu Raffina hinüber und sagte barsch: «Haben Sie das?»

«Jawohl, Herr Kommissar», gab Raffina zurück und nickte dienstfertig.

«Wann haben Sie das Gasthaus wieder verlassen?»

«Gar nicht, ich wohne ja da. Ich habe mich kurz vor 22 Uhr von Frau Fendt verabschiedet und bin dann direkt in mein Zimmer gegangen.»

«Aha», sagte Koller mit unverschämtem Unterton und steckte die Hände in die Hosentaschen, «so so». Er grinste süffisant und sagte scharf: «Wann waren Sie zuletzt auf dem Dachboden, ich meine vor heute Morgen?»

«Gestern, Freitag. Bis um die Mittagszeit. Deshalb habe ich ja die Veränderungen sofort bemerkt.»

«Ist ja gut», schnauzte Koller, sprang von seinem Stuhl auf und begann wieder hin- und herzulaufen. «Waren Sie allein oben?»

«Ja.»

«Und was haben Sie zwischen Mittag und dem Beginn der Besprechung gemacht?»

«Zuerst war ich zum Mittagessen im Gasthaus, dann kurz in meinem Zimmer, dann im Büro, um die Besprechung vorzubereiten. Das kann wiederum der Wirt bezeugen und ein Kollege aus dem Team.» Urs Andermatt sah zu Raffina hinüber und nannte die Namen.

«Also gut. Nochmal zu dieser Besprechung», sagte Koller und wurde mit jedem Wort lauter: «Sie sind also alle im Büro gesessen, das ganze Team, und keiner will was gesehen oder gehört haben?»

«Die Besprechung fand nicht in unserem Büro statt, sondern im Südtrakt des Klosters, auf der hofabgewandten Seite, also nicht in Sicht- oder Hörweite der fraglichen Pforte, des Kreuzgangs oder des Dachbodens.»

«Wie auch immer», polterte Koller, «wir brauchen eine Liste aller Personen, die Zugang zu besagter Pforte oder sonstwie zum Kirchenestrich haben.»

«Ich kann Ihnen eine Liste des Archäologenteams geben. Was die übrigen Personen betrifft, müssten Sie sich an die Klosterverwaltung wenden.»

Urs Andermatt nannte die Namen, und soweit er sie im Kopf hatte, Adressen und Telefonnummern. Raffina las die Namen noch einmal vor.

«Ja, das sind alle», sagte Urs und hielt plötzlich inne. Er kniff die Augen zusammen, als überlegte er fieberhaft. Raffina schaute gespannt zu ihm hinüber. Koller blieb herausfordernd vor Urs stehen: «Ja nun was denn?»

«Peter Schneidhofer, der neue Praktikant», sagte Urs.

«Was ist mit dem?», rief Koller.

«Er war nicht bei der Besprechung, obwohl er hätte dabei sein sollen.»

«Und das fällt Ihnen erst jetzt auf?», schrie Koller und seine Stimme überschlug sich.

Urs zuckte zusammen, wollte etwas sagen, aber Koller kam ihm zuvor. «Wo finden wir den Burschen?»

«Er hat ein Zimmer im Kloster. Die Verwaltung kann Ihnen bei der Suche nach ihm sicher weiterhelfen. Er studiert in Innsbruck. Seine Innsbrucker Adresse haben wir im Büro.»
«Hat dieser Schneid ...»
«... hofer», kam es von der Seite, von Raffina.
«... Zugang zum Hof, äh, ich meine zur Pforte?»
«Grundsätzlich ja. Er hat zwar keinen eigenen Schlüssel, aber er kennt den Platz, wo der Teamschlüssel deponiert ist.»
«Aha!»
«War er schon einmal auf dem Dachboden?»
«Ja», sagte Urs matt. «Am vergangenen Montag war er kurz mit mir oben.»
«Er kennt also den Weg», sagte Koller und in seinen barschen Ton mischte sich etwas wie ein fieses Triumphieren.

Urs Andermatt nickte. Er wollte noch etwas sagen, aber Koller winkte ab, riss die Tür auf, komplimentierte ihn hinaus und rief mit erhobenem Zeigefinger: «Halten Sie sich zu unserer Verfügung, Herr ... Andernfalls machen Sie sich gleich wieder verdächtig.»

Eva verschweigt etwas

Ida Prezios legte den Hörer auf, schlurfte an ihren Tisch zurück und vertiefte sich wieder in den Katalog eines Modeversandhauses, das anlässlich seines zwanzigjährigen Jubiläums eine rassige Armbanduhr im Leoparden-Look als persönliches Geschenk annoncierte. Sie hob den Kopf, als Eva in die Stube kam, die Eulenaugen hinter der dicken Brille blitzten: «Haben Sie schon gehört?»

Eva nickte.

«Ist. Das. Nicht. Furchtbar?» Das ‹Nicht› war ein weinerliches Flehen, das ‹Furchtbar› helle Entrüstung. «So etwas bei uns, in unserer altehrwürdigen Kirche, in unserem stolzen Dorf!» Sie winkte Eva näher zu sich. Das goldene Armband rasselte. «Und wissen Sie, wer den Toten gefunden hat? Mein Gott, muss das furchtbar gewesen sein, richtig unheimlich, einfach grauenhaft!» Ihre Stimme war in die Höhe geschossen wie eine glühende Holzscheibe, mit der man den Winter austreibt, und fiel unvermittelt in eine bedeutungsvolle Flüsterlage, die grösste Vertraulichkeit signalisiert und keinen Widerspruch duldet. Sie legte ihre ringschwere, fleckige Hand auf Evas Arm: «Der nette Herr Andermatt von den Archäologen, er hat früher auch schon bei mir gewohnt, so ein feiner Herr, so angenehm und so gepflegt. Er steht gewiss unter Schock!»

«Urs? Mein Gott!», sagte Eva. Erst jetzt, mit der Aufklärung gestand sie sich ihr Entsetzen ein, als sie gesehen hatte, wie Urs regelrecht abgeführt wurde. «Dann hat ihn die Polizei als Zeugen mitgenommen.»

«Ah, Sie sind mit Herrn Andermatt bekannt?», sagte Ida Prezios in merklich beschleunigtem Ton.

«Wir haben uns gestern Abend im Gasthaus unterhalten.»

«Er ist ja so gebildet, nicht wahr!» Das gefiel Ida Prezios, das gefiel ihr sogar ganz ausnehmend gut, dass diese grauenvolle Geschichte eine so interessante Wendung zu nehmen begann.

Als sich Eva verabschiedet hatte, wandte Ida Prezios ihre Aufmerksamkeit wieder dem Jubiläumskatalog des Modeversandhauses zu und beschloss, die exquisite Leoparden-Armbanduhr gleich zu bestellen, per Telefon, denn, so hiess es in grossen Lettern: ‹Schnell sein lohnt sich!›

Auf dem Kirchendach hockten die Dohlen wie eine verhuschte Trauergemeinde. Darüber ein viel zu blauer Himmel.

Wieder ging Eva, die Hand am schaukelnden Lederseil, die steile Treppe ins Gasthaus hinauf und, begleitet von Gläsergeklingel, in die Gaststube. Die Filetgardinen dämpften das Mittagslicht. Die Standuhr zeigte halb neun. Viele Tische waren besetzt. In der Nische unter den Geweihen sass der uniformierte Polizist. Der Wirt begrüsste Eva mit Handschlag und bot ihr einen Platz am Fenster an. Sein Blick war noch trauriger geworden. Glasig, verloren.

Die Tür wurde aufgestossen, der Kommissar kam herein und stürmte mit mürrischem Gesicht zu seinem Kollegen. Der Boden bebte, auf den Tischen zitterten Gläser, und eine Welle der Nervosität lief durch den niedrigen Raum. Auf dem Tisch mit den Magazinen blätterten sich die Seiten auf und fielen, als Koller vorbei war, raschelnd wieder zu. Verstörte Blicke folgten dem Kommissar, das Gemurmel in der Stube verebbte, ein Kind fing an zu weinen.

Harry Koller blickte unwirsch zu dem schreienden Jungen. Er hasste Kinder. Der schlacksige, ungepflegte Mensch mit viel zu grossen Füssen, zu langen Armen, zu kurzen Hemdsärmeln, Jackenärmeln, Mantelärmeln, trat an den Tisch, wo sein uniformierter Kollege vor einem Kräuterschnaps sass (Kollers hektische Art, Auto zu fahren, hatte Raffina mächtig zugesetzt), stiess gegen die Tischkante, dass die Gläser gefährlich ins Wanken gerieten, und setzte sich. «Bevor wir mit der Vernehmung beginnen, Herr Wirt», rief er laut durch den Raum, «kann ich noch was zu essen kriegen?» Der Wirt zuckte zusammen und eilte zu Kollers Tisch, wo er stehen blieb wie ein Hund, den man herbeigepfiffen und dann vergessen hat. Koller sprang von seinem Stuhl auf, klatschte weit ausholend dreimal in die Hände und rief grossspurig: «Herrschaften, darf ich um Ihre Aufmerksamkeit bitten. Im Rahmen der laufenden Ermittlungen suchen wir Zeugen, die sachdienliche Hinweise zum Tod des Lorenz Eppichler ...»

«Epp-ach-er», flüsterte ihm Raffina zu.

«… italienischer Staatsbürger aus Bozen, auf dem Dachboden der Kirche geben können. Wir suchen insbesondere Zeugen, die besagte Person in den vergangenen Tagen im Dorf und besonders gestern in der Umgebung des Klosters gesehen haben. Ich werde gleich mit einem Foto des Lorenz Epp …»

«Epp-ach-er», soufflierte Raffina.

«… sowie einer Beschreibung seiner Kleidung von Tisch zu Tisch gehen, also halten Sie sich zu unserer Verfügung!»

Die Gäste mit dem Kind sagten aus, sie hätten den Mann am Freitagnachmittag gegen fünf Uhr vom Parkplatz gegenüber der Kirche in Richtung Strasse gehen sehen. Sie hätten den Eindruck gehabt, er sei nervös und in Eile gewesen. Auf Kollers unwirsche Nachfrage, was ‹gegen fünf Uhr› denn heisse, berieten sie sich erschrocken und präzisierten auf ‹zwischen 16:40 und 16:45 Uhr›.

Eva blätterte in einem Magazin und versuchte zu verbergen, was sie bewegte. Sie hatte es geahnt. «Ja», sagte sie, als Koller ihr die Vergrösserung eines Passfotos von Lorenz Eppacher hinhielt. Auch die Beschreibung der Kleidung liess keinen Zweifel zu. «Ich habe den Mann aus der Kirche kommen sehen. Es war genau 17 Uhr, die Glocke hatte gerade aufgehört zu schlagen. Der Mann schien sehr aufgeregt, wie ausser sich. Er wäre beinah mit mir zusammengestossen und ging sehr schnell, er lief fast, in Richtung Strasse.»

Raffina machte Notizen.

«In welche Richtung ist er dann weitergegangen? Links, rechts, über die Strasse?», drängte Koller.

«Das habe ich nicht gesehen.»

«Und wohin sind Sie dann gegangen?»

«In die Kirche.»

«Was haben Sie in der Kirche gemacht?»

«Ich habe mir die Fresken angeschaut.»

«Wie lange sind Sie in der Kirche geblieben?»
«Vielleicht eine Viertelstunde.»
«War noch jemand da?»
«Die Nonnen. Sie haben auf der Empore gebetet.»
«Ist Ihnen in der Kirche irgendetwas aufgefallen?»
«Nein.»
«Nach einer Viertelstunde sind Sie also wieder gegangen.»
Eva nickte.
«Und dann?»
«Bin ich in meine Pension gegangen.»
«Wir werden das überprüfen», sagte Koller und schaute Raffina an, der ergeben nickte.

Ohne ein weiteres Wort sprang Koller auf und peilte den nächsten Tisch an. Endlich, dachte Eva, froh, dass das Verhör vorbei war. Doch der Polizist in Uniform holte den Kommissar ein und flüsterte ihm, auf sein offenes Notizbuch deutend, etwas zu.

Koller machte kehrt. «Ah ja!», rief er und schaute Eva herausfordernd an. «Und da sind Sie dann den ganzen Abend geblieben?»

«Nein, etwa um 19 Uhr bin ich hierher zum Essen gegangen.» Sie berichtete von ihrer Unterhaltung mit Urs Andermatt bis gegen 22 Uhr.

Raffina hatte in seinem Notizbuch mitgelesen, Koller zugenickt, worauf dieser tönte: «Ihr seid euch ja auffallend einig, ihr zwei Hübschen!» Er zwinkerte Eva anzüglich zu und polterte zum nächsten Tisch.

Eva wollte einen Schluck trinken, stellte das Glas aber sofort wieder ab, weil ihre Hand zitterte. Sie hatte etwas verschwiegen, sie hatte eine falsche Aussage gemacht. Aber sie wusste nicht warum.

Eine seltsame Begegnung

Durch die Hauptstrasse flutete das Licht des frühen Nachmittags. Der Schnee ergab sich der Sonne, riss in Fetzen von den Bäumen, tropfte in Rinnsalen von den Dächern, lief schwarz glänzend über den Asphalt. Nur die Schattenränder der Strasse waren noch schneegesäumt, eine liegengelassene Winterhandarbeit.

In einem Schaufenster spiegelte sich die Strasse unter cyanblauem Himmel. Die Geschäfte noch geschlossen. Ausgebleichte Prospektseiten an der Tür eines Hotels. Auf Museumsplakaten die Ausstellungen vom vergangenen Herbst. Weihnachtskrippen in der Auslage des Holzschnitzers. In den Zeitungen die Schlagzeilen von gestern. Was war schon ein Tag in diesem Tal, wo die Zeit ein anderes Mass hatte. Für einmal hinterher sein, aus der Zeit und aus der Welt sein, dachte Eva. Sie blinzelte in die Sonne. Ein Tal ist ein Augenzwinkern Erdgeschichte.

Wann hatte sie zuletzt innegehalten, sich ihre Zeit, ihr Leben angeschaut? Die letzten zwei Jahre waren im Takt klickender Kameras vergangen. Die kommenden Monate würden auch nicht anders aussehen. Weiter dachte sie nicht, kein Jahr voraus und schon gar keine drei Jahre oder fünf. Thomas hielt ihr das regelmässig vor. Soll er doch, dachte sie trotzig, verliess die Hauptstrasse und folgte dem schneebedeckten Wanderweg bergwärts. Was am Weg und in der Sonne lag und ein neues Glitzern versprach, das nahm Eva Fendt immer gerne mit.

Achtundzwanzig, neunundzwanzig, dreissig, einunddreissig. Philomena ging mit gesenktem Blick, zählte die Schritte bis zur Abzweigung. Sie hatte immer geglaubt, es würde sie erleichtern, befreien, erlösen von der uralten Last, wenn es endlich soweit war. Aber sie fühlte sich nicht leichter, nur leerer. Philomena zählte die Tage, die ihr noch bleiben würden, und die Rosenkranzperlen und die Vaterunser und die Gegrüssetseistdumaria ... und die Schritte bis zur nächsten Bank. Sie zählte immer die Schritte bis zum nächsten Ziel, setzte aus einiger Entfernung eine Zahl und begann zu zählen. Wenn sie zu wenig gesetzt hatte, legte sie nach. Hatte sie zu viele Schritte vorgegeben, freute sie sich, als hätte sie einen Gewinn gemacht oder auf einem imaginären Konto Punkte gesammelt oder als wäre etwas Schönes früher eingetreten als erwartet. Seit sie wusste, was damals wirklich geschehen war, hatte es nur noch dieses Ziel gegeben.

Sie zählte die Schritte bis zu ihrer Bank am Fussweg über dem Dorf. Die Bank, auf der sie damals mit Hans gesessen hatte. Sie wusste auf den Tag und die Stunde genau, wann das gewesen war. Und dass alles, was damals begonnen hatte, zerstört war, und dass nur eine dumpfe Mechanik des Überlebens und eine alte unsinnige Hoffnung sie hatten durchhalten lassen. Sie setzte sich auf ihre Bank und liess die Augen zum Kloster hinüber wandern. Sah Hans mit dem Zeichenblock vor den Wandmalereien in der Kirche sitzen, hörte sich aus dem Evangelium lesen: ‹...und trug sein Haupt herbei auf einer Schale und gab's dem Mädchen, und das Mädchen gab's seiner Mutter.›

Philomena spürte einen Schatten, die Sonne verfinsterte sich, oder ein Vorhang wurde zugezogen, und es wurde kalt, ein Schauer durchlief sie, sie kannte ihn, es war der Schauer all der Jahre. Und sie drehte sich um, weil sie Schritte hörte, ein helles Knirschen im Frühlingsschnee. Und der Vorhang war wieder offen oder zerrissen, und sie sah eine junge Frau mit einem Fotoapparat in der Hand vorübergehen. Und die junge Frau nickte ihr einen Gruss zu, lächelte und blieb nicht stehen. Und Philomena begann die Schritte zu zählen, die die Frau brauchen würde, um zurückzukommen.

War das nicht die Frau, die sie gestern in der Kirche gesehen hatte?, dachte Eva. Der dunkelbraune Wollmantel, das dünne graue Haar, die Körperhaltung, als laste etwas auf ihr. Die Frau, für die sie bei der Polizei eine falsche Aussage gemacht hatte. Eva drehte sich um und erschrak über das Ausmass ihrer Gebrochenheit. Aber da war noch etwas anderes, etwas Helles, etwas Anziehendes. Eva horchte wieder auf ihre Schritte, die im halbgefrorenen Schnee unter Bäumen knirschten wie Butterkekse oder wie Kartoffelchips in einem Fernsehspot. Dann wieder war der Schnee ein dicker Teppich, und Eva wurde getragen, ging erhaben wie eine Königstochter auf Kothurnen.

Philomena zählte die Glockenschläge. Vier Mal der Zweiton in mittlerer Lage für die volle Stunde, zwei tiefere Töne für zwei Uhr. Sie hörte wieder die hellen Schritte auf dem Weg hinter ihrer Bank.

«Haben Sie schöne Fotos gemacht?»

Eva blieb stehen, überrascht, dass die Frau auf der Bank sie ansprach, und überrascht, weil sie bemerkte, dass sie die Kamera völlig vergessen hatte. Sie lachte. «Kein einziges! Ich war ganz in das Gehen vertieft.»

«Sie sind Fotografin?»

«Ja.»

«Künstlerin.» Es klang wie eine strenge Feststellung.

«Ich arbeite vor allem für die Werbung.»

«Dann machen Sie hier Ferien?»

«Nicht direkt. Ich bin eher zufällig hier. Ich war auf der Durchreise, als der Pass geschlossen wurde. Und jetzt habe ich den Tag für eine Verschnaufpause genutzt.»

«Kommen Sie, setzen Sie sich doch zu mir.» Sie deutete auf die Bank, und Eva gehorchte.

«Mögen Sie Müstair?» Sie sprach es so aus wie Eva.

«Es ist eine Entdeckung», sagte Eva. Und nach einem kurzen Zögern: «Ausserdem habe ich etwas Seltsames erlebt.»

Ohne Eva anzusehen, fragte Philomena: «Was haben Sie denn Seltsames erlebt?»

Ihre rechte Hand in der Manteltasche, als hielte sie etwas darin fest.

«Gestern Nachmittag, als ich in die Kirche ging, um die Fresken anzuschauen, kam mir ein älterer Mann entgegen, der ganz verstört schien. Und heute habe ich erfahren, dass dieser Mann auf dem Dachboden der Kirche zu Tode gekommen ist.»

«Ich habe davon gehört.»

Eva gab sich einen Ruck und sagte: «Ich dachte, ich hätte Sie auch in der Kirche gesehen.»

«Wann war das?»

«Um fünf Uhr. Ziemlich genau um fünf.»

«Ja, da war ich in der Kirche, um zu beten, wie jeden Tag.»

«Haben Sie den Mann denn gar nicht bemerkt? Etwa sechzig Jahre alt, er trug einen dunkelgrauen Mantel.»

Die Antwort kam vollkommen ruhig: «Ich war ganz in mein Gebet versunken. Wenn ich bete, vergesse ich alles um mich herum, mein Kind.»

Eva hörte noch einmal die bedächtigen Schritte in der Kirche, hörte noch einmal die unheimlichen Geräusche vom Dachboden, wagte nicht weiter zu denken, stellte die Frage nicht, schwieg. Sie schwiegen beide. In einer seltsamen Übereinstimmung hingen sie ihren Gedanken nach. Bis in Evas Manteltasche das Telefon klingelte. «Entschuldigung», sagte sie, stand auf und ging ein paar Schritte weg von der Bank. Es war Rick. Ein Druck auf die kleine grüne Taste, und sie war wieder da, die hektische Alltagswelt. In voller Lautstärke. «Ich muss leider weg», sagte Eva, «die Arbeit ruft. Auf Wiedersehen.»

Das helle Knirschen im Frühlingsschnee wurde leiser. Philomena schaute auf die Uhr, sie wollte bleiben, solange die Sonne ein wenig wärmte. Sie liess die Augen über das Kloster schweifen, über die weissgefleckten Dächer, die Grabsteinreihen im Licht, die eingefriedete Zeit hinter den Mauerlinien, bis ihr Blick wieder nach innen fiel, hinter jene Linie, jenen Riss in ihrem Leben. Es war der Abend vor ihrer ersten grossen Premiere. Jemand sagte: ‹Wie schön ist die Prinzessin Salome heut abend.› Die zärtliche Stimme klang wie die von Hans. Aber es war nicht Hans.

Koller und das Fussballspiel

Harry Koller und Jon Battista Raffina sassen im Nebenzimmer des Gasthauses und hielten Lagebesprechung. Koller fühlte sich am Ende seiner Kräfte, merkte, dass er keine Kondition mehr hatte, war seit morgens ununterbrochen im Einsatz, hatte mehrmals mit Steiner telefoniert, hatte Bericht erstattet und Anweisungen entgegengenommen, durfte sich keine Blösse geben, vor allem nicht vor diesem übereifrigen Dorfpolizisten. Seine Seele wurde von Krämpfen geschüttelt. Es stritten: ein zorniger Trotz, ein aufflackernder Ehrgeiz, wie er ihn seit seiner Nominierung in die Jugendauswahl nicht mehr verspürt hatte, eine masslose Wut wegen seines gestohlenen Wochenendes und die geradezu existenzielle Furcht, das Spiel zu versäumen. Die Zeit lief ihm gnadenlos davon. Koller wusste nicht wohin mit seiner Ohnmacht, seinem Zorn, mit seinen langen Beinen, mit den schweissnassen Händen, die Falte auf seiner Stirn ein Riss, die Augen gerötet, der entzündete Blick flackerte.

Raffina sah den Kommissar mitleidig und kampflustig an.
Koller fühlte sich durchschaut und elend.

Raffinas Blick taktierte zwischen Arroganz und gespielter Lust zur Unterordnung.

Koller gab sich einen Ruck, stocherte in seinem Ehrgeiz und sagte endlich: «Also, ich fasse zusammen: A. Der Zeuge Andermatt fand den Toten kurz nach sieben Uhr heute Morgen. Er rief die Polizei, Sie baten die Kripo um Unterstützung, ich machte mich unverzüglich auf den Weg. Noch vor meinem Eintreffen waren Sie auf besagtem Dachboden, sicherten den Tatort, und der hiesige Arzt stellte den Tod des Mannes fest. Korrekt, Raffina?»

«Korrekt, Herr Kommissar», gab Raffina zurück.

«Mögliche Todesursache laut Ihrem Doktor: Schlag auf den Kopf mit einem stumpfen Gegenstand. Sichtbare Verletzungen an der Stirn, möglicherweise Genickbruch in Folge des Sturzes. Definitives zur Todesursache und Todeszeit wird die Gerichtsmedizin liefern – ich habe den Herren Dampf gemacht. Morgen Abend, spätestens Montag früh, wissen wir mehr.»

Koller fand sich mehr als passabel. Dann fiel sein Blick auf die Uhr, und die Panik war wieder da. Noch zwanzig Minuten bis zum Anpfiff.

«Raffina, sagen Sie mal, Sie wollen doch sicher auch das Viertelfinale anschauen?», fragte Koller kumpelhaft.

«Viertelfinale?»

«Verdammt wichtiges Spiel», sagte Koller. Und obwohl er schon durch Raffinas Gegenfrage wusste, dass er auf verlorenem Posten stand, nannte er mechanisch die Fakten und schob halb resigniert nach: «Sie müssen wissen, ich habe in meiner Jugend selbst international gespielt.» Er räusperte sich, wartete auf eine Rückfrage, ein Zeichen der Anerkennung, irgendetwas, doch es kam nichts. Koller hasste dieses Müstair, er verfluchte seinen Einsatz. Die Wut hatte ihn wieder gepackt, er hätte jetzt einen Ball gebraucht, um draufzudreschen, ihn durch die nächste Fensterscheibe zu schiessen und das Klirren, Scheppern und Krachen als pure Wohltat zu hören, als kleine Erleichterung. Die Vorstellung rettete ihn in einen gemässigteren Hass. In diesem Kaff wissen sie ja nicht einmal, wie man Fussball schreibt, dachte er.

«Ich habe noch zu tun, Herr Kommissar. Sie wissen ja, Spurensuche, Zeugenbefragungen, Plakate und so weiter», sagte Raffina.

Jetzt macht er mir auch noch ein schlechtes Gewissen, der hinterwäldlerische Angeber, dachte Koller. «Also weiter. Wo waren wir? Ja, B. Laut Zeugenaussagen ist Eppacher um 16:45 Uhr vom Parkplatz in die Kirche gegangen und hat sie um 17 Uhr wieder verlassen. Vermutlich ist er dann in den Klosterhof gelaufen, durch die unverschlossene Tür in den besagten Gang und von dort auf den Dachboden gelangt.» Wie er sich so reden hörte, packte ihn plötzlich wieder der Ehrgeiz, es allen zu zeigen. Den Lackaffen im Büro, dem kleinen Dorfpolizisten, seinem alten Trainer, der ihn nicht hatte spielen lassen. Einfach allen. Und im selben Moment stieg vor seinem inneren Auge eine fette Schlagzeile auf: MYSTERIÖSER MORD IN WELTBERÜHMTER KIRCHE. KOMMISSAR KOLLER IM EINSATZ, und er sagte grossspurig: «Wo ist Eppacher wohl seinem Mörder in die Hände gefallen, Raffina? Auf der Strasse? Im Klosterhof? Hat ihn sein Mörder da oben erwartet? War es eine Zufallsbegegnung? Eine Abrechnung? Allem Anschein nach fand ein Kampf statt. Warum musste Eppacher sterben? An so einem abseitigen Ort?»

«Muss ja kein Mord gewesen sein», sagte Raffina trocken.

Für Koller war das ein Tritt gegen das Schienbein, Missachtung, Ersatzbank. Wie damals. Unverständlich, grundlos, nicht nachvollziehbar, eine Verschwörung. Seine alte Wut, seine masslose Enttäuschung, dass er damals in dem Länderspiel nicht eingesetzt worden war, er, das grösste Talent seines Vereins, der Steilpasskönig, ein Beckham, lange bevor es diesen Schnösel gab. Koller schüttelte den Alptraum ab, sagte: «Wie weit sind wir mit der Suche nach diesem … äh … Studenten?»

«Schneidhofer, Herr Kommissar, Peter Schneidhofer.»
«Wie auch immer, jedenfalls unser Hauptverdächtiger.»
«Alle Adressen sind überprüft. Schneidhofer ist derzeit nicht auffindbar. Hat sich nirgends abgemeldet. Die österreichischen Kollegen bleiben dran.»
«Das sollten sie auch! Und weiter?»
«Der Zeugenaufruf läuft, Presse ist informiert, Handzettel sind verteilt, Plakate sind in Arbeit, kann ich noch heute Abend abholen, Herr Kommissar.»
«Aha», sagte Koller und spürte, wie der Neid angesichts von soviel Effizienz in ihm hochkroch, riss sich aber augenblicklich zusammen und sagte barsch: «Also jetzt zu Eppacher. Gehen wir seine Sachen durch.» Er öffnete einen Karton, der neben ihm auf einem Stuhl stand.

Es klopfte an der Tür. Koller, die Hand im Karton, rief: «Herein!»

Raffina sprang mit grossen Schritten zur Tür, als hätte er auf etwas gewartet, und nahm ein Blatt Papier in Empfang, das ihm eine Hand entgegenstreckte, schloss sorgfältig die Tür, warf einen kurzen Blick auf das Blatt und setzte sich wieder Koller gegenüber an den Tisch.

«Was Wichtiges?», fragte Koller.

«Ich möchte Sie nicht unterbrechen, Herr Kommissar», sagte Raffina abwinkend und deutete auf den Karton.

Koller kramte eine Reihe von Gegenständen hervor, die in Klarsichtbeuteln verpackt waren, sagte: «Raubmord können wir wohl ausschliessen. Geldbörse mit einigem Bargeld, ec-Karte, Kreditkarte – alles da. Ausserdem: Pass, Autopapiere, Visitenkarten: ‹Lorenz Eppacher, Schauspieler›, Adresse und so weiter. Ein kariertes Stofftaschentuch, unbenutzt. Dann ein – was ist das denn? Ein Schnipsel von einem Buchumschlag oder von einer Karte, war in seiner rechten Manteltasche, darauf ist …» Er streckte den Schnipsel weiter von sich weg, in Richtung Lampe, neigte ihn in verschiedene Richtungen, konnte immer noch nichts erkennen, warf den Beutel auf den Tisch, schimpfte: «Das ist aber auch ein verdammter Kleinkram», klopfte seine Taschen ab und zog eine Lesebrille heraus. «Also», sagte er, «was haben wir hier? Aha. Einen komischen Kopf, seitlich geneigt, und am Hals liegt eine breite Klinge. Was soll *das* denn? Sieht aus, als würde sich da einer selbst den Hals abschneiden.» Er schüttelte den Kopf, streckte Raffina den Beutel mit dem Schnipsel hin, zog ihn aber sofort wieder zurück. «Halt! Die Rückseite! Vielleicht ist ja was Brauchbares auf der Rückseite.» Aber da gab es nichts weiter als gepunktete Umrisslinien in Grösse einer Briefmarke. Koller schob den Beutel über den Tisch. Raffina sah sich den Schnipsel kurz an und sagte: «Der Henker, der Johannes enthauptet hat.»

«Was?», rief Koller, «Was sagen Sie da?»

«Das ist von einer Ansichtskarte, die man hier im Dorf kaufen kann. Das Gastmahl des Herodes und die Enthauptung des Johannes in der Mittelapsis.»

«Wo?», fragte Koller, der an Mittelfeld und Mittelstürmer dachte, und dass das Spiel verdammt noch mal gleich anfing.

«In der Mittelapsis der Müstairer Kirche, über dem Altar.»

«Und diese Karte, genauer gesagt einen Schnipsel davon, hatte der Tote in der rechten Manteltasche. Wenn das kein Hinweis ist, Raffina», sagte Koller aufgeregt.

«Und warum nur *ein* Schnipsel? Wo ist der Rest der Karte?»

«Wenn da etwas draufstehen würde.»

«Hätten wir echt was in der Hand.»

«Eine Handschrift, ein Namen, irgendein Hinweis auf den Mörder.»

«Falls es Mord war.»

Koller ignorierte Raffinas Einwurf und sagte: «Warum hat Eppacher die Karte in grösster Wut zerrissen und weggeworfen?»

«Oder aus Verzweiflung.»

«Hat er sie zerrissen, weil er nicht aushielt, was draufstand? Eine Drohung, eine Anschuldigung, ein Beweis.»

«Oder ein Geständnis? Vielleicht hat er die Karte ja selbst geschrieben, aber nicht abgeschickt, sondern zerrissen», warf Raffina ein.

«Jedenfalls geht es in diesem Bild um eine Hinrichtung, nicht wahr Raffina?»

«Sie meinen, da gibt es Parallelen?»

«Ist der Ausschnitt auf dem Schnipsel ein Hinweis, den Eppacher uns geben wollte?» Koller sprang auf: «Wie auch immer, diese Karte könnte uns direkt zu Eppachers Mörder führen! Wir brauchen unbedingt den Rest dieser Karte! Zumindest einen Teil, ein paar Buchstaben!» Er setzte sich wieder und klopfte mit dem Zeigefinger auf den Tisch. «Dass das klar ist, Raffina: Ihre Leute müssen diese Schnipsel herschaffen. Ich will jeden einzelnen!»

«Kirche, Dachboden, Treppen, Kreuzgang, Hof, Strasse, alles wird durchgekämmt», rapportierte Raffina, «allerdings hat der Schneefall auf der Strasse und im Hof seit gestern Abend viele Spuren verwischt.»

«Der Schnee interessiert mich nicht. Schaffen Sie mir die Karte her!», schrie Koller und schluckte aufgeregt. Jetzt hatte er diesem ungebildeten Dorfpolizisten endlich mal gezeigt, wer hier der Chef ist. KOLLER LÄSST SEINE KLASSE AUFBLITZEN. Und er legte gleich noch nach: «Was wir ausserdem finden müssen, sind Mobiltelefon, Terminkalender, Adressbuch, und vor allem den Autoschlüssel des Ermordeten.»

«Die Suche läuft.»

«Den Wagen haben Sie endlich gefunden?»

«Steht auf dem grossen Parkplatz.»

«Wenn wir den Schlüssel nicht finden, müssen wir den Wagen halt öffnen. So. Wo sind wir? Ah ja: C. Alibis. Alle, die im

Kloster ein- und ausgehen – Archäologen, Angestellte, Nonnen, Pfarrer – haben ein Alibi für die vermutliche Tatzeit. Bleibt weiterhin nur dieser Praktikant verdächtig.» Ein Blick auf die Uhr stürzte Koller wieder in Panik. Noch zehn Minuten bis zum Anpfiff. «Wir sind mit dem Wichtigsten durch. Wenn Sie noch etwas beizutragen haben, schiessen Sie los!» Er legte seine Armbanduhr demonstrativ vor sich hin und begann mit den Fingern auf den Tisch zu trommeln. «Aber Tempo!»

Raffina nahm das Blatt, das ihm zuvor hereingereicht worden war, las es durch, legte die Stirn in Falten, sah zu Koller hinüber, dessen Finger inzwischen Sturm trommelten, räusperte sich und sagte: «Die Innsbrucker Kollegen haben mir eine Nachricht geschickt.»

«Ihnen?», sagte Koller patzig.

«Das Fax, das eben reinkam.»

«Und?»

«Es gibt eine neue Spur.»

«Was?», schrie Koller. «Haben wir ihn? Zeigen Sie her!» Er riss Raffina das Fax aus der Hand und las laut: «‹Nach Informationen aus dem Bekanntenkreis von Peter Schneidhofer hält sich der Gesuchte am Gardasee / Italien auf.› – Wenn das den Verdacht nicht massiv erhärtet! Wenn das nicht verdammt nach Flucht stinkt! Veranlassen Sie alles Notwendige!», rief er. Es wurmte ihn, dass der Punkt an Raffina ging. Er nahm seine Uhr und sprang auf. Noch sechs Minuten bis zum Anpfiff.

Raffina begann den Tisch aufzuräumen und sagte: «Die Witwe.»

«Was ist mit der Witwe? Die italienischen Kollegen haben sie doch informiert oder nicht?»

«Ja, schon.»

«Und?»

«Ich finde, wir sollten mit ihr reden, sie kann sicher …»

«Natürlich muss man mit der Frau reden, Raffina, aber nicht *wir, ich* werde mit ihr reden. Ich fahre morgen hin. Wie lange brauche ich mit dem Wagen in dieses Bo …?»

«Nach Bozen. Vielleicht zwei Stunden.»

«Rufen Sie die gute Frau an, sie soll sich ab zehn Uhr bereithalten.»

Noch fünf Minuten bis zum Anpfiff.

«Und die Kollegen in Italien sollen überprüfen, ob irgendetwas über den Ermordeten …

«… über Eppacher …»

«… vorliegt.»

«Schon veranlasst», sagte Raffina trocken.

Koller bebte vor Groll.

Im Flur schellte das Telefon. Koller hasste es, zu spät zu einem Spiel zu kommen. Es klopfte an der Tür. «Was ist denn jetzt schon wieder?», schrie er.

Die Tür wurde langsam geöffnet, der Wirt kam zögernd zwei Schritte herein. Rote Karte!, dachte Koller zornig.

«Entschuldigung, wenn ich stören muss, Herr Kommissar», sagte der Wirt leise, «Sie werden dringend am Telefon verlangt».

Koller warf dem Wirt einen abgrundtief gehässigen Blick zu und stürmte hinaus, dass das Haus erzitterte.

Der Wirt schlug die Augen nieder und bekreuzigte sich, als hätte er den Leibhaftigen gesehen.

Die Rächerin

Rick war allein in der Gaststube. Auf seinem Tisch stand eine leere Kaffeetasse, im Aschenbecher qualmte eine Marlboro, während er aufgekratzt in der Stube umherlief, und seine Hand bei jeder neuen Entdeckung vor den Mund schoss, um ein ‹Huch!›

zurückzuhalten. Die Geweihe an der Wand, die Lampenschirme, die Stühle mit den ausgesägten Herzen in den Lehnen, er fand alles ‹wahnsinnig ethno!›. Eben hatte er auf dem grossen Tisch in der Mitte ein Magazin aus den Siebzigerjahren mit den schrillsten Föhnfrisuren, Schlaghosen und Anzeigen gefunden. «EE-va!», kreischte er und warf die Hände in die Luft.

Eva hob den Zeigefinger vor ihren Mund.

«Boss, das ist ja der schärfste Laden, den ich seit meiner letzten Affäre betreten habe, geniale Location!»

«Rick, bitte!» Eva lachte, «halt' dich ein wenig zurück, ja?»

«Okay, ich versuch's. Aber ohne Scheiss, wir könnten hier unsere Ethnomode-Story machen. Wir ziehen den Stuhllehnen Hemden, Jacken, Kleider über. Die Schuhe fixen wir original an diese fette Balkendecke. Und die Hüte hängen wir an die geilen Geweihe, wie findest du das? Im Übrigen ist die Hütte voll schriller Sachen und cooler Backgrounds, ich hab mich schon ein wenig umgetan.» Er deutete verschwörerisch auf seine kleine Kamera und streckte Eva seine Zigarettenpackung hin. Eva schüttelte den Kopf, und Ricks Gesichtsausdruck wechselte unvermittelt auf Sturmwarnung: «Was ist los? Geht's dir nicht gut?»

«Doch, doch, mir geht's prima. Jetzt lass uns mal den Job weiterbringen.»

Rick strahlte sofort wieder. «Alles perfetto, Boss. Alles durchorganisiert, wir sind super in der Zeit, am Montag kriegen wir die Dias.»

«Gut, gehen wir die Motive durch.»

Rick kippte eine Ladung Polaroids aus seinem Krokoimitatkoffer auf den Tisch.

«Allegra», der Wirt war lautlos hereingekommen, zuckte kurz, als er den belagerten Tisch sah und sagte: «Kann ich Ihnen auch einen Kaffee bringen?»

«Gerne», sagte Eva, «und keine Angst, wir räumen das alles wieder weg.»

«Das machen wir», doppelte Rick nach, «versprochen!»

Als die Bildauswahl getroffen war, sagte Eva: «Da kann ich ja beruhigt noch ein wenig bleiben.»

Ricks Schönwettergesicht verdüsterte sich wieder. «Eee-va!», rief er dramatisch, «was ist denn in dich gefahren? Seit wann bleibst du freiwillig länger als einen Tag irgendwo?»

Eva winkte ab. «Lass nur, Rick, alles okay. Die kleine Auszeit tut mir gut. Und du hast ja alles prima im Griff.»

Rick strahlte wie ein kleiner Junge, den seine Mutter gelobt hatte. «Echt, findest du? Oh, give me more of that, babe!»

Eva nickte lachend. «Wenn der Kunde die Bilder gekauft hat, okay? Hältst du so lange durch?»

«Klar, Boss.»

«Jetzt nenn mich nicht immer Boss!»

«Ja, Chefin.»

«Das ist auch nicht besser.»

«Und überhaupt, Eva, was sagt eigentlich der verehrte Herr Thomas zu deiner Verspätung? Schätze, er findet das nicht wirklich cool.»

Als Rick weg war, wählte Eva Thomas' Nummer. Herzklopfen gegen Klingelton. Sie liess es klingeln und klingeln und klingeln, während sich ihr Blick an den Wänden der Gaststube entlanghangelte. Nichts. Kein Thomas. Kein Anrufbeantworter, keine Mailbox. Die bekannte Doppelbelichtung ihres Gefühls. Erleichterung und schlechtes Gewissen. Die stürzende schwebende Gauklerin.

Der Kaffee war kalt und bitter.

Gegen Abend ging Eva durch die Strassen von Müstair, fror. Wollte noch nicht nach Hause. Dachte, wie schnell man ‹zu

Hause› sagt, obwohl man bloss ein Hotelzimmer meint, irgendwo auf der Welt, wo man noch nie zuvor war, und wohin man wahrscheinlich nie mehr zurückkehren wird. Ihr Zuhause war nicht ein Ort, eher ein Zustand. Unterwegs sein, das Gegenteil von bleiben.

‹Seit wann bleibst du freiwillig länger als einen Tag irgendwo?›, hatte Rick sie gefragt. Ihr Wagen stand vor der Pension. Sie könnte jederzeit abreisen. Sie dachte an Thomas' Gekränktheit, fürchtete seine Vorwürfe, ihren Streit. Sie dachte an das morgendliche Bild des Klosters im Schnee, an die geheimnisvolle Frau, an Urs, den Zauberer, und stand unvermittelt am Eingang zum Kirchweg.

Das Tor weit offen, die Kirche hell erleuchtet, die hohen Fenster wie Lichtsäulen in der Dämmerung. Der Orgelklang, der Gesang der Gemeinde, immer ein paar Takte hinterher. Eine alte Sehnsucht ergriff Eva. Sie ging hinein, geriet in eine überfüllte Abendmesse, blieb unter der Empore stehen. Hörte das Murmeln der Fürbitten, das Rascheln der Gebetbuchseiten beim Umblättern, die Predigt des Pfarrers in dieser schönen, fremden Sprache. Liess sich abermals verzaubern. Sah die stille Übereinkunft der Haltungen, die lang geübte Dramaturgie der Messe, die fahrigen Kniebeugen der Ministranten, ihre Sneakers, die grell unter den weissen Röcken hervorlugten. Sah den Kelch in den erhobenen Händen des Pfarrers, die schwebende Würde der Priorin am Altar. Und die Gauklerin, die stürzte, kopfüber, die Hände voraus.

Eva trat einen Schritt zur Seite, um den anderen Pol ihrer Vision zu suchen, die Betende neben der Säule, die geheimnisvolle Frau. Fand sie über die vielen gesenkten Köpfe hinweg. Das graue Haar wie ein dünnes Tuch, die vage Kontur des Gesichts, die Augenhöhle eine in den Schädel geschlagene Kerbe. Als Eva wieder die Gauklerin über dem Altar suchte, blieb ihr Blick an einer anderen Gauklerin hängen, die nicht kopfüber stürzte, sondern auf den Füssen stand, merkwürdig gebeugt, niedergedrückt vom Gewicht dessen, was sie auf einer gelben Schale trug: einen riesengrossen, furchterregenden, bärtigen Kopf. Ein abgeschlagenes Haupt. Evas Blick war starr vor Entsetzen. Die Gauklerin hatte ihre Unschuld verloren, sie war eine Rächerin, ihr Sturz war der Tod.

Was war gestern in dieser Kirche geschehen?

«Hallo Eva.» Es war Urs Andermatt, der auf der Treppe des Gasthauses stand.

«Urs, mein Gott! Wie geht es Ihnen? Meine Wirtin hat mir erzählt …»

«Ich freue mich, Sie zu sehen, Eva. Trinken Sie ein Glas Wein mit mir?»

Sie sassen an einem Fenstertisch und Urs erzählte, wie er morgens den Toten gefunden hatte. Er zeigte Eva Fotos vom Kirchendachboden in einer Fachzeitschrift, um ihr eine Vorstellung von diesem speziellen Ort zu geben.

Während Urs berichtete, sah Eva den Mann, der ihr gestern vor der Kirche begegnet war, über Wellen aus Stein laufen. Sie hörte Schritte, hörte ein Poltern, als wäre etwas umgestossen worden oder als wäre jemand gestürzt. Die narbigen Hügel waren frisch aufgeschüttete Gräber. Das Gewirr der Dachbalken war ein Himmel aus tausend Rissen. Die Augen der karolingischen Gesichter schauten kalt und leer.

«Ich würde da nicht so schnell wieder hinaufgehen», sagte sie.

«Kann ich auch nicht. Die Polizei hat alles abgesperrt.»

«Glauben Sie, dass es ein Unfall war?»

«Die Polizei schliesst auch einen Mord nicht aus.»

Eva versuchte ihr Erschrecken zu verbergen.

«Sie haben einen Verdacht, aber der wird sich in Luft auflösen, da bin ich mir sicher.»

In Evas Kopf liefen noch immer die Bilder, dröhnten Schritte, mischten sich Eindrücke, die nichts miteinander zu tun hatten und doch alle zusammengehörten, aber sie wusste nicht in welcher Weise: der Tote auf dem Dachboden, das Entsetzen in seinen Augen, das sie gesehen hatte – vor seinem Tod, der graue Mantel und der braune Mantel, die stürzende Gauklerin, die nicht stürzt, die gebeugte Gauklerin, der riesige Kopf, der grässliche Bart.

«Aber lassen wir das», sagte Urs in die entstandene Stille hinein. «Und Sie, Eva, was haben Sie heute gemacht?»

«Ich war gerade in der Kirche, und da hab' ich ...», begann Eva, und dann brach es aus ihr heraus: «Urs, bitte, können Sie mir sagen, was dieser schreckliche abgeschlagene Kopf zu bedeuten hat?»

«In der Mittelapsis?»

«Über dem Altar.»

«Sie meinen den Tod des Johannes», sagte Urs. «Eine Minute. Ich bin gleich wieder da.» Er stand auf und ging in Richtung Tür. In der Mitte der Gaststube, am Tisch mit den Büchern, Magazinen und Postkarten, machte Urs plötzlich Halt. Er nahm eine Karte, kehrte um und streckte sie Eva lächelnd hin. «Hier ist sie übrigens, die Szene aus der Mittelapsis. Welche Geschichte da erzählt wird, das hören Sie gleich im Originalton.»

Urs verliess die Gaststube und kam kurz danach mit einem dicken, abgegriffenen Taschenbuch zurück. «Wer sich mit dem Mittelalter beschäftigt, sollte die Bibel kennen», sagte er, blätterte einige Male hin und her, legte den Zeigefinger auf die gefundene Stelle und sagte: «Hier. ‹Das Ende Johannes des Täufers› bei Matthäus.»

Eva sah gebannt auf die Karte.

«Sie wollen es also hören?»

«Ja, bitte!»

«Also, die Vorgeschichte: Herodes hatte Johannes ins Gefängnis werfen lassen, weil er ihn wegen seiner Ehe mit Herodias, der Frau seines Bruders getadelt hatte. Und jetzt kommt's: ‹Als aber Herodes seinen Geburtstag beging, da tanzte die Tochter der Herodias vor ihnen. Das gefiel dem Herodes gut. Darum versprach er ihr mit einem Eid, er wolle ihr geben, was sie fordern würde. Und wie sie zuvor von ihrer Mutter angestiftet war, sprach sie: Gib mir hier auf einer Schale das Haupt Johannes des Täufers! Und der König wurde traurig; doch wegen des Eids und derer, die mit ihm zu Tisch sassen, befahl er, es ihr zu geben, und schickte hin und liess Johannes im Gefängnis enthaupten. Und sein Haupt wurde hereingetragen auf einer Schale und dem Mädchen gegeben; und sie brachte es ihrer Mutter.›»

Urs las weiter, aber Eva hörte nicht mehr zu, sie war längst an etwas hängen geblieben. Die Schnipsel, die ihr am Vormittag die bucklige Magd im Klosterhof hingestreckt hatte – sie waren genau von so einer Karte. Sie hatte die Figur wiedererkannt, eine Dienerfigur im gelben Fransenkleid, die einem Gast am Tisch eine Schüssel reicht. Auf der Rückseite, das wusste Eva genau, standen die Worte ‹Gebt mi›. ‹Gib mir hier auf einer Schale das Haupt Johannes des Täufers!› hiess es im Bibeltext. Und noch etwas hatte sie auf der Karte gelesen. «Urs», sagte Eva, «haben Sie eine Idee, was ‹lome› bedeuten könnte?»

«‹lome›?» wiederholte Urs. «Wie kommen Sie darauf?»

Eva zuckte mit den Schultern. «Vielleicht ist es auch nur ein Teil eines Wortes.»

Urs vertiefte sich noch einmal in den Text, sah plötzlich von seinem Buch auf und rief: «Ja, klar, wieso bin ich nicht gleich draufgekommen!»

«Urs, bitte, worauf?»

«‹Salome›! Klar, ‹lome› ist ein Teil von ‹Salome›!»

«Salome?»

«Ja. So heisst die Tochter der Königin Herodias, die Tänzerin, die als Lohn für ihren Tanz das Haupt des Johannes fordert. Der Name wird in dem Evangelientext zwar nicht genannt, er taucht aber schon in frühchristlicher Zeit auf, und die Figur der Salome zieht sich durch Kunst und Literatur bis ins zwanzigste Jahrhundert. Am bekanntesten ist das Drama von ...» Urs sprach begeistert weiter, aber Eva hörte es nicht, denn in ihrem Kopf wirbelten immer mehr Fragen durcheinander: Was hatte diese Bibelgeschichte, was hatten die Kartenschnipsel mit dem Toten vom Dachboden zu tun? Was mit der geheimnisvollen Betenden? Was war gestern in dieser Kirche geschehen?

Es hätte Eva auch nicht beruhigt, wenn Urs sie jetzt in den Arm genommen hätte. Als er es beim Abschied tat, genoss sie die Wärme und ein feines erotisches Glitzern.

Philomena verliess die Kirche als Letzte. Wie immer. Sie ging den Kirchweg hinunter, die Toten drehten ihr den Rücken zu, sie neidete ihnen ihre Ruhe und die Lichter, die jemand für sie angezündet hatte.

Wie lange doch eine Glut brennt, die man längst erloschen glaubte. Die Beweise hatten das Feuer wieder entfacht, die Ahnung war Gewissheit geworden, ein altes Unrecht hatte nach Vergeltung geschrien. Plötzlich hatte ihr Leben wieder einen Sinn gehabt. Sie war getrieben, besessen, unerbittlich. Es war die Rolle ihres Lebens. Den Text kannte sie längst.

Philomena schaute dem Flackern der Grablichter zu, wie man in ein Licht schaut, bis es wehtut, bis es sich einbrennt unter die Haut. Bis die kleinen roten Flammen Fackeln wurden, Fackeln für ihre Suche in der Nacht.

Auf dem Heimweg sah sie in einem erleuchteten Fenster des Gasthauses die junge Frau von heute Nachmittag, die Fotografin, allein an einem Tisch sitzen. Philomena blieb stehen, schob die

Haarsträhne hinters Ohr und schaute hinauf. Sie hing einem Gedanken nach, der jäh unterbrochen wurde, als ein Mann an den Tisch trat und die junge Frau verdeckte.

Philomena wandte sich ab, trottete weiter, die müden Dorfmauern entlang, zählte die sinnlosen Schritte zu ihrer Bleibe.

Sie war eine selten traurige Gestalt.

Koller und die Schlussminuten

Koller warf den Hörer auf die Gabel und trat gegen den Stuhl, auf dem er mehr als eine Stunde lang gesessen hatte. Es war tatsächlich geschehen! Sie hatten ihm sein Spiel genommen. Ihm war übel vor Fassungslosigkeit, sein Kopf schmerzte, sein Gesicht war zu einer Fratze verzerrt. Er stampfte auf den Boden, dass es hallte und irgendwo etwas zu klingeln anfing. Ein hohes Gesinge, Gesumme wie ein gemeines Gekicher hinter vorgehaltener Hand. Es machte ihn rasend. Die Hände zur Faust geballt, lief Koller ins Nebenzimmer, wo in einer Ecke der Fernseher lief. Ohne Ton und mit mässigem Bild. Er drehte den Ton laut, lauter, viel zu laut, zog einen Stuhl vor den Apparat, setzte sich, starrte vornübergebeugt auf den Bildschirm. Zweite Halbzeit, zehnte Minute. Wenigstens stand es 1:0 für den FC. Noch nie war sein Club so weit in einem internationalen Wettbewerb vorgestossen, und *er* hatte das halbe Spiel verpasst. Natürlich Steiner, dieser Leuteschinder. Natürlich quälte Steiner ihn absichtlich, der wusste doch ganz genau, wie wichtig dieses Spiel für ihn war. Hatte ihn rapportieren lassen, hatte ihm gesagt, was er tun und was er lassen sollte. Als hätte er das nicht selbst gewusst! Also hatte er zig Telefonate geführt, mit der Presse, mit schockierten Offiziellen aus dem Tal und dem Kanton, die sich um den Ruf ihrer weltberühmten Kirche sorgten.

Wenigstens lag der FC vorn. Kaum war Koller etwas ruhiger geworden, kaum hatte sich ein Anflug von Genugtuung über den Vorsprung wie eine dünne Plane auf seine Wut gelegt, platzte Raffina mit seinem nervtötenden Diensteifer und einem neuen Zeugen herein, einem Kassierer vom Supermarkt an der Grenze, bei dem Eppacher Zigaretten und Schokolade für rund 60 Franken bezahlt hatte, unmittelbar bevor er zum Parkplatz gefahren und in die Kirche gegangen war. «Ja wer sagt's denn!», rief Koller händeklatschend und sprang auf. 2:0 für den FC nach herrlichem Kombinationsspiel. Ein Traumtor.

Als Raffina und der Zeuge in der 74. Minute endlich vom Platz gegangen waren, bestellte Koller beim Wirt ein Bier, legte die Füsse auf einen der harten Holzstühle mit dem ausgesägten Herz in der Rückenlehne und stellte sich auf eine ruhige Schlussphase ein, in der seine Jungs den Sieg souverän nach Hause schaukeln oder vielleicht sogar noch eins drauflegen würden. Grinste breit. Gefiel sich, ganz nebenbei, in seiner neuen Wichtigkeit. Hotline mit Steiner, die Dorfpolizei tanzte nach seiner Pfeife, Presse und Lokalpolitik rissen sich um ihn. KOLLER IM BLITZLICHTGEWITTER.

Doch die gute Phase hielt nicht lange an. Es kam anders, als Koller dachte. Die Jungs spielen auf Zeit. Nerven mit Standfussball in der eigenen Hälfte. Die Italiener lauern. Jetzt nur kein Ballverlust. Rückgabe zum Torwart. Der lässt sich alle Zeit der Welt, sieht Gelb. In der Fankurve des italienischen Clubs brodelt es. Koller unbeeindruckt. Der Abschlag landet bei einem Italiener, kurzer Pass nach rechts, langer Pass auf den Rechtsaussen, der lässt zwei Verteidiger aussteigen, Flanke, der Mittelstürmer steigt am höchsten und drückt den Ball in die linke Ecke. Unhaltbar. «Völlig unnötig!», schimpft Koller und knallt sein Bierglas auf den Tisch, dass es überschwappt. 79. Minute, 2:1. Das Stadion kocht. Wiederanpfiff. Die Italiener attackieren sofort. Sind nach einem halbherzigen Angriffsversuch des FC wieder in Ballbesitz, die Kugel rollt über drei, vier Stationen, ist im Strafraum, der Verteidiger grätscht in den Lauf des Stürmers, der stürzt theatralisch, bleibt liegen. «Schwalbe!», schreit Koller und ballt die Faust. Foul pfeift der Schiedsrichter und läuft auf den Elfmeterpunkt. «Das darf doch nicht wahr sein!» Koller springt auf und starrt gebannt auf den Bildschirm, sinkt wieder auf den Stuhl. Die Nummer 10 legt sich den Ball zurecht, läuft kurz an, der Torwart ahnt die Ecke, ist mit den Fingerspitzen dran, aber es reicht nicht, der Ball landet im Netz. Ausgleich in der 84. Minute, es steht 2:2, und das unverdiente Tor flimmert in unerträglich vielen Wiederholungen und Perspektiven über den Bildschirm, um Koller zu foltern. Er tritt vor Wut gegen das Tischbein. Im Flur schellt das Telefon. Koller schreit «Neeeiiin!», aber es ist gar nicht für ihn. Er weiss nicht wohin mit seiner Wut. Die Italiener sind völlig von der Rolle. Jetzt hält es Koller nicht mehr auf dem Stuhl. «Jungs, das dürft ihr euch nicht gefallen lassen. Zeigt es ihnen! Ihr gewinnt dieses Spiel, das wäre doch gelacht!» Doch es kommt, wie es kommen muss. 21 Mann in der Hälfte des FC. Die Jungs reagieren nur noch. Rennen herum wie Anfänger. Wie kann ein Match so kippen! Die Italiener spielen wie entfesselt, zaubern mit dem Ball, drängen, stürmen, werfen alles nach vorn. Chaos im Sechzehnmeterraum. Wo ist der Ball? Koller schnappt nach Luft. Der Torwart hat ihn, begräbt ihn unter sich. Gott sei Dank! Der Schiedsrichter schaut auf die Uhr, noch zwei Minuten reguläre Spielzeit. Weiter Abschlag vom Tor, und sofort sind wieder die Italiener am Ball, kommen über den linken Flügel, der Linksaussen geht allein, warum greift denn keiner an!?, der Linksaussen ist immer noch in Ballbesitz, gibt nach rechts, Doppelpass, Schuss aus 20 Metern, abgefälscht, linker Innenpfosten und Tor. 90. Minute, 3:2 für die Italiener. Koller ist ausser sich. Verflucht die Italiener im Allgemeinen und dieses unselige Münster im Besonderen. Zu Hause wäre ihm das nicht passiert! Er dreht den Ton aus, sieht, wie die Italiener die Arme hochreissen, reckt die Faust, tritt gegen den Tisch, auf dem der alte Fernseher mit seinen schlimmen Bildern flimmert, stürzt davon und knallt die Tür hinter sich zu, dass das Tal weit ins Italienische hinein erzittert.

Nachts wälzte sich Koller in seinem viel zu kurzen Hotelbett in Alpträumen von Niederlagen. Niederlagen, die kommen, wenn man vor Siegesgewissheit träge geworden ist.

Der Zauber des nächtlichen Klosters

Der halbe Mond am sternschwarzen Himmel. Die Kalligraphie der Lärchenzweige. Wolkenschlieren über den silbernen Bergkanten. Das trudelnde Licht eines Flugzeugs und am anderen Ende des Himmels ein Dröhnen, als gehörten beide nicht zusammen. Im schneehellen Tal das Dorf, die gelben Fenstervierecke, die Syntax der Häuser.

Wehmut und Leichtsinn. Verloren und unverloren. Wie nie. Eva hatte doch dieses Müstair nur kurz streifen wollen, wie sie immer alles nur kurz streifte für ein paar glitzernde Eindrücke, für eine feine Sehnsucht, für die Möglichkeiten, aus denen sie ihr Leben zusammenstückelte. Doch diesmal ging ihre Rechnung nicht auf. Sie liess sich aufhalten. Liess sich auf Dinge ein, die sie nichts angingen, liess sich erschrecken und verzaubern, erlag der Macht der Bilder. Ausgerechnet sie, die abgeklärte Bildermacherin, die Regisseurin raffinierter Inszenierungen, stand plötzlich auf der Zuschauerseite, wurde sentimental.

Sie könnte morgen auch einfach abreisen. Nichts und niemand würde sie daran hindern.

Die schöne Silhouette des Klosters, die Zinnenreihen der Türme wie Himmelstreppen, der Kirchturm mit seinen breiten

Schultern, ein guter Hirte, der seine Herde bewacht. Friedlich lag das Kloster da. Kein Licht, kein Laut störte seinen Schlaf. In seinen Mauern war eine vage Helle, vom Schnee verstärkt. Ein stilles, uraltes Leuchten, ein ockerfarbenes ewiges Licht.

Eva dachte an die Schwester, der sie morgens beim Schneeschippen zugeschaut hatte, und dass sie jetzt wohl schlief hinter den dicken Mauern, wie alle Schwestern jetzt schliefen dort drüben in ihren Zellen, bis die Glocke sie weckt. Zum Tagwerk aus Beten und Arbeiten, Beten und Arbeiten, Beten und Arbeiten. Seit Jahrhunderten leben Schwestern hinter diesen Mauern das immer gleiche Leben. Sie sind immer da, wie die Berge, wie der Himmel, wie der zu- und abnehmende Mond. Die Tröstlichkeit dieses Gedankens machte Eva vollkommen durchlässig. Ein Schmerz erschütterte sie, dass sie sich krümmte und auf die Knie sank wie eine Büsserin und weinte, als hätten sich jahrzehntelang verschlossene Schleusen geöffnet. Sie weinte vor Entsetzen, Aufgehobensein und Glück. Etwas flammte auf, in einer hintersten Seelenkammer, sprengte eine lange verriegelte Tür, brach sich eine Umlaufbahn durch alle Fasern ihres Körpers, brannte lichterloh und verdichtete sich zu einer Gewissheit jenseits der Worte, zu einem unerhörten Klang, zu einem Akkord, der endlich aufgelöst wird.

Der Mond auf dem silbernen Berg wie ein überkippendes Schaukelpferd.

DRITTER TAG

Was man nie erfahren wird

Eisiger Morgen. Gefrorene Zeit. Langsam rutschte die Helle ins Tal. Philomena sperrte die Haustür ab und machte sich, wie jeden Tag um diese Zeit, auf den Weg zur Kirche. Zählte Schritte, las Bilder auf. Eine vergessene Kindersonnenbrille auf dem Brunnenrand am Plaz d'Immez. Wulstige Schichten Schnee über dem Bachrand. Eisverklumpte Gräser wie starre, klirrende Finger. Kälber, die sich aneinander rieben. Der krähengefleckte Himmel.

Vor einer Brücke blieb Philomena stehen, nahm die Hand aus der Manteltasche, betrachtete das Foto mit dem weissen gezackten Rand, verharrte eine kleine Weile in einer Art Andacht, einem stummen Gebet, steckte das Bild wieder ein, behielt es umklammert.

Eva, die Hand an der umgehängten Kamera, ging über den gefrorenen Schnee, fühlte sich leicht, ein grosses Kind, das getragen wird, schwebte fast. Das Kloster im hellen Morgenlicht, die Dächer schneegefleckt oder silberglänzend, je nach ihrer Neigung zur Sonne. Die langen Schatten der Turmzinnen wie gespitzte Griffel, die auf einem Schreibpult bereitliegen. Eva schlüpfte durch das kleine Tor auf der Nordseite des Friedhofs, wo die Nonnengräber lagen. Hier also ruhen sie, wenn sie nicht mehr beten und arbeiten. Die weissen Inschriften auf den schmiedeeisernen Kreuzen, Geburts- und Todesdaten, die offenbarten, wie lange man lebt im Gleichmut von Beten und Arbeiten. Die Kreuze verdoppelten sich als filigrane Schatten an der Friedhofsmauer. Nur die Inschriften fehlten. An einem Grab ein kleiner kniender Gipsengel, gefrorenes Weihwasser in einem Eisenkesselchen.

Und dann Urs. Mit wehendem Schal, lächelnd, die hellen Augen nahmen es mit der Sonne auf. Dem überbelichteten Bild folgte das schlechte Gewissen und diesem der Rechtfertigungstext, mit dem sich Eva seit Freitag zu beruhigen versuchte. Sie hatte Thomas auch heute Morgen nicht erreicht, hatte es sogar bei seiner Mutter versucht, nur um zu erfahren, dass er verreist war, wohin wusste sie nicht. Jetzt jedenfalls war sie mit Urs Andermatt verabredet, der ihr die weltberühmte Klosterkirche von Müstair zeigen wollte.

«Man kann die Dinge einfach hinnehmen», sagte Urs, «man kann für bare Münze nehmen, was man sieht, man kann aber auch fragen, was hinter dem Offensichtlichen liegt und findet vielleicht etwas, das ursprünglicher ist, den Anfang einer Geschichte.» Er hielt Eva die Kirchentür auf und sagte in gedämpftem Ton: «Die Malereien, die heute die Bedeutung dieser Kirche ausmachen, waren jahrhundertelang übertüncht, verstellt und vergessen. Bis eines Tages zwei junge Kunsthistoriker, es war das Jahr achtzehnhundertvierundneunzig, genauer hinschauten und einer eigentlich logischen Vermutung nachgingen.» Urs legte seine Hand auf Evas Arm und wies hinauf, ins Gewölbe, flüsterte: «Denk jetzt mal nicht daran, was da oben passiert ist.»

Eva nickte.

«Als man Ende des fünfzehnten Jahrhunderts das Gewölbe einzog, wurde die Decke ein ganzes Stück tiefer gelegt. Alle weiteren Veränderungen, Übermalungen und so weiter spielten sich unterhalb des Gewölbes ab. Darüber, im Dachraum, blieb der ursprüngliche Zustand erhalten. Die allerersten Wandmalereien, aus der Zeit um achthundert, dämmerten vor sich hin, gerieten in Vergessenheit. Bis unsere beiden Kunsthistoriker hinaufkletterten und prompt fündig wurden. Du musst dir das mal vorstellen – tagelang sind sie, mit Stalllaternen ausgerüstet, auf Knien über den unebenen Boden da oben gekrochen, haben die Wände abgesucht und sensationelle Entdeckungen gemacht. Und damit wussten sie, dass einst die ganze Kirche ausgemalt war. Dass unter mehreren Schichten Tünche ein wahrer Schatz schlummerte.»

Mit grosser Geste beschrieb Urs einen Bogen zwischen Gewölbe und Wänden, ganz begeisterter Wissenschaftler. «Sie sollten recht behalten», sagte er und sah Eva an. «Aber weisst du, was das Tragische ist? Sie haben es beide nicht mehr erlebt. Als die Wandmalereien fünfzig Jahre später endlich freigelegt wurden, waren beide schon tot.»

Urs schüttelte den Kopf. «Stell dir vor, Du hast ein paar Fragmente eines grossartigen Ganzen entdeckt. Theoretisch weisst du viel über das Verborgene, es gibt schliesslich Kompositionsprinzipien, ikonographische Konventionen, aber du wirst es nie mit eigenen Augen sehen.» Urs schenkte Eva sein jungenhaftes Lächeln und flüsterte ihr ins Ohr: «Wie eine unerreichbare Geliebte.» Er steckte die Hände in die Manteltaschen, Eva zog ihren Schal hoch bis zum Kinn. Sie standen im Mittelgang nebeneinander, die Kälte war ein gemeinsamer Feind. In die Stille hinein sagte Urs: «Aber gehen wir noch einmal zurück in der Geschichte der Kirche – *vor* vierzehnhundertneunzig. Als die Kirche ein schlichter Saal war, ein ungegliederter Raum mit flacher Holzdecke.» Er zeigte auf das Gewölbe, die massigen Pfeiler, die drückende Empore, als würde er sie augenblicklich wegzaubern. «Stell dir vor, du hast einen unverstellten Blick auf die Bilder rundum, ein weisser Marmorboden reflektiert das Licht, das durch die hohen Fenster fällt.» Urs stand hinter Eva, er legte seine Hand an ihren Arm, drehte sie sanft und wies ihrem Blick den Weg über die Bildfelder an den Wänden, immer ein Stück weiter, von vorne nach hinten, von oben nach unten, rundherum. Als wären sie beide eine Achse, um die sich die Welt dreht. Maria hörte die Verkündigung, die heilige Familie floh nach Ägypten, Kinder wurden ermordet, Blinde wurden geheilt, Taubstumme wurden geheilt, Ertrinkende wurden gerettet, Hungrige wurden gespeist, Sünden wurden vergeben.

Im Schein der Freskenbeleuchtung warf das Altarkreuz einen Schatten auf das Bild in der Mittelapsis, zwischen Gauklerin und Henkerin. Als sollte Salome von ihrem Tun abgehalten werden. Urs sagte: «Ja, und deine Salome-Geschichte. Da ist noch etwas Spannendes.» Er führte Eva nach vorn, die drei Stufen zum Altarraum hinauf und deutete auf eine Stelle im unteren Teil des Bildes. «Siehst du da, rechts unterhalb des Tisches, an dem die Festgesellschaft sitzt, wirkt das Bild wie zerrissen, da fehlt ein Stück, und wenn man genauer hinschaut, sieht man, dass ein anderes Bild darunter liegt. Da liegen zwei Schichten übereinander, und du siehst sozusagen die Bruchkante zwischen zwei Epochen.» Urs ging zwei Schritte seitwärts, so dass Eva die weisse Kante und die Dicke der oberen Schicht deutlich erkennen konnte. «Das Gastmahl des Herodes und der Tod Johannes des Täufers ist eine spätromanische Neuausmalung, um das Jahr zwölfhundert, also rund vier Jahrhunderte nach der karolingischen Erstausmalung. Die Mittelapsis und die anderen beiden Apsiden wurden damals im Stil der Zeit neu ausgemalt, mit eleganten, höfischen Figuren, mit leuchtend bunten Farben, mit Interesse am Detail. Man weiss, dass in der ersten Bemalung die gleiche Geschichte erzählt wurde, dass die karolingischen Bilder die gleichen Inhalte hatten. Aber *eines* wird man wohl nie erfahren …»

Eva drehte sich halb zu Urs um und sah ihn fragend an.

«… dieses Geheimnis wird die Kirche wohl immer für sich behalten …»

«Welches Geheimnis?» Eva sah ihren Atem, hörte den nachhallenden Klang ihrer Stimme, fror.

«… wie die Szene genau aussah. Wer mit Herodes am Tisch sass, in welchem Gewand Johannes starb, wie Salome tanzte», sagte Urs. «Die Trennung der beiden Schichten ist viel zu riskant. Entweder man zerstört die romanische oder die karolingische Schicht, oder beide.»

Eva starrte auf die Gauklerin, ohne sie zu sehen, zitterte. Vor Kälte oder weil Urs an eine alte, unaufgelöste Sehnsucht gerührt hatte. Evas grosses, verschüttetes Thema. Das Scheitern an einem letzten Geheimnis.

Urs, der hinter ihr stand, legte seine Arme um Eva, wiegte sie sanft, und ein warmes Gefühl durchströmte sie. Für einen Moment glaubte Eva, dass sie sehen könnte, was unter der oberen Schicht lag, wenn sie nur die Augen öffnen würde. Aber das wollte sie nicht.

Als sich Urs, der zurück ins Büro musste, im Licht dieses Märzsonntags, zweitausend nach Christus, verabschiedet hatte, wusste Eva nicht recht, wohin. Suchte die Sonne, schlenderte über den Friedhof, ging Grabreihen entlang, betrachtete die Fotografien der Verstorbenen, folgte den Schattenlinien und fand die Kirche im Morgenlicht atemberaubend schön. Die Wände strahlend, rührend die Apsiden mit ihren Dachhüten, die roten Bordüren darunter wie Tüll, die staunenden Fenster, die Füsse im Schnee. Die Grösse dieses Morgens wuchs mit dem ins Tal flutenden Licht. Glück und Übermut. Und ein Rest von Verwirrung, der in der Sonne wegschmolz.

Eva hielt es für eine gute Idee, für genau das Richtige, ins Museum zu gehen. Aus dem überbelichteten Vormittag ins beschauliche Halbdunkel der Vergangenheit.

Bitte die Würde des Orts respektieren. Bitte Mobiltelefone ausschalten. Bitte nicht laut sprechen. Bitte nicht fotografieren.

Die schreibmaschinenbeschriebenen, in Prospekthüllen steckenden und mit einer Schnur zusammengehaltenen vergilbten Blätter lotsten Eva durch die Räume des Museums. Sie liess sich halb führen, halb treiben. Entdeckte das Glitzern in den karolingischen Marmorfragmenten, strich mit den Fingern über rätselhafte Tierornamente, auch wenn es verboten war, oder vielleicht gerade deshalb. Betrachtete das Modell der ursprünglichen Klosterkirche von allen Seiten, dachte an Urs, den Zauberer. Wollte nicht an Thomas denken und tat es doch. Stand vor abgelösten Wandbildern aus der Kirche, sie erzählten die Geschichte von den klugen und den törichten Jungfrauen. Sah durch das vergitterte Fenster in den Klostergarten, wo die Magd mit der Gummischürze über der Strickjacke über der Kittelschürze Teppiche im Schnee ausrollte und umständlich zu klopfen begann. Durch die Fensterscheiben drang der gedämpfte Ton mit irritierender Verzögerung. Ein asynchroner Film. Während der letzte Ton verhallte, wurde der Teppich schon weitergezogen, begann die Prozedur von neuem. Ein grauer Streifen Staub blieb im Schnee zurück, noch einer und noch einer, bis der Garten allmählich ein grauweisses Muster bekam.

Eva schlug die Seite in ihrem Loseblattführer um, ging lesend weiter. Vorsicht Stufe.

In dem abgedunkelten Raum mit den Statuen die geheimnisvolle Frau. Sie stand am Fenster und schaute hinaus. Ein Streifen Licht färbte ihr Haar, eine Hand lag ausgestreckt auf der nackten Wand. Lange, schlanke Finger. Fotografieren verboten. Eva schaute durch den Sucher, drehte am Objektiv, zögerte, drückte den Auslöser. Veränderte ihre Position, suchte die Aussenlinien des Gesichts, die Kerben der Augen. Der Kopf bewegte sich leicht, war jetzt im Halbprofil, Eva drückte ab, ging einen Schritt zur Seite, wollte mehr von dem Gesicht. Die Frau drehte sich langsam um, strich sich mit einer unvergleichlichen Geste eine Strähne hinters Ohr, lächelte. Ihr Gesicht war weich und schön. Eva drückte wieder und wieder ab. Als liesse sich mit der Kamera das Geheimnis dieser Frau enthüllen. Als liesse sich eine Antwort aus diesem Gesicht herausfotografieren. Auf welche Frage? Sie sah Eva an, legte den Zeigefinger auf den Mund. Als teilten sie ein Geheimnis.

In einer Vitrine eine spätgotische Muttergottes über der Mondsichel. Kind und Krone fehlten.

Koller und Eppachers Witwe

Als Koller am Sonntagmorgen in den Wagen stieg, schlugen die Kirchenglocken, dass ihm der Schädel brummte. Er fühlte sich malträtiert, verhöhnt und gedemütigt, er fand das Geläute einen Höllenlärm und eine Zumutung. Er hatte mies geschlafen, schlecht geträumt, und der FC hatte verloren. Er sah das Kirchendach im Rückspiegel verschwinden und war froh, für ein paar Stunden fortzukommen. Obwohl er in Richtung Feindesland unterwegs war. Dann holte ihn die Eitelkeit wieder ein. Auch gut. KOMMISSAR KOLLER NIMMT INTERNATIONALE ERMITTLUNGEN AUF. Nach der Grenze drückte er aufs Gas.

In einer Raststätte an der Autobahn trank er einen Kaffee, der ihm nicht schmecken wollte, weil ihn die Schlagzeilen der Sonntagszeitungen terrorisierten: ‹Aussenseiter macht Favoriten in 10 Minuten platt›, ‹Arrividerci Arroganza›, ‹Triumph in der letzten Minute›. In den hochgestellten Mantelkragen geduckt, verliess Koller den unwirtlichen Ort und fuhr wutschnaubend weiter. Drehte am Radio herum, stiess auf Gottesdienste, italienische Popmusik, Reklame für Möbelgeschäfte, die sonntags geöffnet hatten, und Kommentare zum Spiel, die ihm den Rest gaben. «Das gehört ja verboten!», schrie Koller, schaltete das Radio aus und wechselte auf die Überholspur.

Er musste zwei Mal fragen, bis er die Adresse endlich fand. Es war das vorletzte Haus in einer Sackgasse. Koller setzte die ernste Miene eines erfahrenen Kommissars auf, machte sich bewusst, dass er als Vertreter der Eidgenossenschaft antrat, und war entschlossen, eine gute Figur zu machen. Steiner hatte gestern auf ihn eingeredet, als wäre er ein Anfänger, und das hatte ihn masslos geärgert. Er riss sich zusammen, stellte sich die Witwe Eppacher als schwerhöriges Hausmütterchen mit Stützstrümpfen vor und läutete Sturm.

Die Tür wurde geöffnet, und eine attraktive Mittvierzigerin stand vor ihm. Es verschlug ihm vorübergehend die Sprache, dann sagte er so laut, dass die Frau regelrecht zusammenzuckte: «Kommissar Koller von der Schweizer Kriminalpolizei, guten Tag Frau Eppacher, der Kollege Raffina von der Polizei im Münstertal hatte mit Ihnen telefoniert …»

«Bitte, Commissario.»

Dass sie ‹Commissario› sagte, war Öl auf Kollers Eitelkeit, und er musste an seinen venezianischen Kollegen denken, der, wenn er sich recht erinnerte, Seneca las, war wohl ein italienischer Trainer.

Sie trug einen engen schwarzen Rock, einen schwarzen Rollkragenpullover und war sehr blass. «Mein Name ist übrigens Thanai, Commissario Koller, ich habe meinen Namen behalten, als wir heirateten,» sagte sie, während sie ihn ins Wohnzimmer führte.

«Aha.» Koller stolperte über den Teppich und versetzte die Blätter einer Zimmerpalme in heftiges Zittern, bis er endlich in einem Sessel sass.

Monica Thanai war noch blasser geworden.

«Nehmen Sie einen Espresso?»

«Warum nicht …, gerne, gnädige Frau.»

Koller erinnerte sich widerwillig an Steiners Sermon zum richtigen Umgang mit Angehörigen (feinfühlig, rücksichtsvoll, gleichwohl zielorientiert) und legte sich eine Vorrede zurecht, neben der Steiners theoretisches Geschwätz höchstens zweite Liga wäre, wie er fand. Nebenan zischte die Kaffeemaschine. Als die schöne Witwe mit zwei weissen Tassen auf einem schwarzen

Tablett zurückkam, deklamierte Koller: «Ja, gnädige Frau, es ist sicher nicht leicht für Sie, in dieser ... äh schweren Stunde und Situation ..., ich möchte Ihnen mein Mitgefühl mittei ... äh ausdrücken. Seien Sie versichert, dass die Schweizer Polizei alles in ihrer Macht Stehende unternimmt, um den Tod Ihres Gatten aufzuklären.» ‹Gatte› fand er eigentlich übertrieben, andererseits wollte er ja eine gute Figur machen. Er lehnte sich zurück und stürzte den Espresso mit einem Schluck hinunter, dass es in seiner Kehle laut gluckste. Monica Thanai schlug beschämt die Augen nieder und rührte betont langsam in ihrer Tasse.

«Ja, nun, also ..., ich habe ein paar Fragen.»

Monica Thanai schaute Koller wenig freundlich an.

«Wann haben Sie Ihren Mann zuletzt gesehen?»

«Am Freitag, nicht lange nach Mittag. Wir sassen noch zu Tisch, als er sagte, er müsse in die Schweiz fahren, um einen alten Freund zu treffen, dem es nicht gut gehe. Er wollte abends, spätestens Samstag Mittag zurück sein.»

«Hat er gesagt, wohin genau er fahren wollte?»

«Nein.»

«Wissen Sie, wer dieser Freund war?»

«Nein.»

«Den Namen? Irgendein Detail? Was verband Ihren Mann mit diesem Freund? Seit wann, woher kannten sie sich? Wie lange hat er ihn nicht mehr gesehen? Jede Kleinigkeit kann wichtig sein.»

«Wir haben nicht weiter darüber gesprochen.»

«Aha.» Es klang wie Hacken, die gegeneinander schlagen.

«Wir haben uns nicht über jede Bekanntschaft, über jede Fahrt irgendwohin Rechenschaft gegeben.»

«Aha.» In den zwei Silben lag alle Verachtung, die man gegenüber einer modernen Auffassung der Ehe hegen kann.

«Hat Ihr Mann sich noch einmal bei Ihnen gemeldet?»

Monica Thanai schüttelte den Kopf.

«Oder vielleicht dieser Freund?»

«Nein.»

Koller scharrte mit den Füssen. «Darf ich fragen, wie lange Sie verheiratet ... waren?»

«Dreieinhalb Jahre. Lorenz war zuvor schon einmal verheiratet. Wir haben uns bei einem Theatertreffen in Innsbruck kennengelernt.»

Das Stichwort ‹Innsbruck› liess bei Koller die Alarmglocken läuten, sie übertönten alles, was Monica Thanai noch gesagt hatte.

«In Innsbruck», rief er. «Sagt Ihnen der Name Peter Schneidhofer etwas?»

«Schneidhofer?», wiederholte Monica Thanai, «nein, ich kenne niemanden dieses Namens. Ist das der besagte Freund?»

«Wir suchen ihn als möglichen ... Zeugen.»

«Aha.»

Koller räusperte sich. «Sie sind also Schauspielerin?» Es klang wenig respektvoll, um nicht zu sagen herablassend.

«Ja.»

Koller rümpfte die Nase.

«Lorenz und ich haben ein gemeinsames Theaterprojekt gestartet, das sich sehr vielversprechend entwickelt hat, und jetzt ...» Ihre Stimme versagte. «Woran ...», begann sie wieder, «woran ist Lorenz denn gestorben?»

«Das wissen wir noch nicht genau. Den Bericht der Gerichtsmedizin erwarten wir heute Abend, spätestens morgen. Vorerst ermitteln wir in allen Richtungen. Deshalb sind Ihre Informationen so wichtig.»

«Ja», sagte sie leise.

«Frau ... äh, Thanai», fuhr Koller in viel zu lautem Ton fort, «hatte Ihr Mann Feinde?»

Monica Thanai zögerte einen Augenblick und schlug die Augen nieder. «Nicht dass ich wüsste.»

«War Ihr Mann … krank?»

Sie schüttelte heftig den Kopf. «Meines Wissens war er kerngesund und hatte noch viel vor im Leben, auch wenn er über sechzig war.»

«Besitzt Ihr Mann ein Mobiltelefon?»

«Nein. Er hasste diese Dinger.»

«Führt er einen Terminkalender, ein Adressbuch?»

«Ja. Der Kalender liegt auf seinem Schreibtisch. Und da gibt es etwas …»

«Was denn?», fragte Koller aufgekratzt.

«Ich hole ihn, Augenblick.»

Als sie den Raum verlassen hatte, schaute sich Koller nervös um, stand auf, hastete zwei Runden um den Tisch und warf einen beiläufigen Blick auf die gerahmten Schwarzweissfotografien an der Wand. Alles Theater, gekünsteltes Zeug, dachte er verächtlich und ging wieder zu seinem Sessel.

«Die Seite vom Freitag fehlt», sagte Monica Thanai, als sie zurückkam und streckte Koller das ledergebundene Ringbuch hin.

«Was sagen Sie da?», rief Koller, «das sieht ja aus, als wollte er etwas verheimlichen.»

«Er hat manchmal eine Seite herausgenommen, weil er sich Details zu einer Verabredung notiert hatte – Adresse, Telefonnummer, Wegbeschreibung und so weiter.»

«Aha», murmelte Koller und begann in dem Kalender zu blättern. Es gab keinen Eintrag am Donnerstag, keinen am Samstag. Am Sonntag eine Uhrzeit und etwas Unleserliches. Er hielt Monica Thanai die Seite hin. «Das ist eine Radiosendung, die wir uns … heute Abend … gemeinsam anhören wollten», sagte sie mit tränenerstickter Stimme.

«Ich muss das Buch zur eingehenden Prüfung mitnehmen», sagte Koller und steckte es ein.

Monica Thanai nickte schwach.

«Sie bekommen es wieder zurück.» Steiner wäre von meiner Diplomatie beeindruckt, dachte Koller und sagte: «Ist Ihnen in letzter Zeit irgendetwas an Ihrem Mann aufgefallen? War er anders als sonst? Ist etwas Ungewöhnliches passiert?»

«Eigentlich nicht … oder vielleicht doch.»

Koller reckte sich.

«Vor einigen Tagen, ich glaube am Dienstag, war in der Post ein Brief an meinen Mann, abgestempelt in Taufers i. M. Er fiel mir auf, weil mir ‹Taufers i. M.› nichts sagte, und weil die Adresse in einer interessanten, künstlerischen Schrift geschrieben war, mit schwarzer Tinte. Ich legte den Brief, zusammen mit der übrigen Post, auf seinen Schreibtisch, das war alles.»

«Hat Ihr Mann etwas über diesen Brief gesagt?»

«Nein.»

«Hatte der Brief einen Absender?»

«Soweit ich mich erinnere, nein.»

«Vielleicht ist dieser Brief ja noch im Haus. Zumindest der Umschlag!»

«Da müsste ich nachschauen.»

«Bitte tun Sie das!», sagte Koller und rief ihr nach: «Auf dem Schreibtisch, in einer Mappe, in einer Jackentasche, im Papierkorb, beim Altpapier?» Das letzte Wort verschluckte er halb, weil ihm einfiel, dass es so etwas in Italien wahrscheinlich gar nicht gab. Taufers i. M., dachte Koller, das ist doch das Dorf an der Grenze nach Münster. Zu Fuss geht man kaum länger als eine Viertelstunde. Durchaus denkbar, dass dieser angebliche Freund den Brief im italienischen Taufers aufgegeben hat, damit er schneller ankommt. Oder zur Tarnung. Koller fand sich grossartig und konnte kaum mehr stillsitzen.

Als Monica Thanai wenige Minuten später mit leeren Händen zurückkam, schaute Koller drein, als wäre ein grandioser Steilpass in der Abseitsfalle gelandet. Er schnaufte laut und sagte: «Ja, Frau ... äh, dann war's das fürs Erste.» Er stand auf und sagte scharf: «Doch sind Sie so gut und suchen noch einmal nach diesem Brief. Und informieren Sie mich sofort, wenn er auftauchen sollte. Auch wenn Ihnen sonst noch etwas einfällt.» Koller hantierte umständlich in seiner Brieftasche, fand endlich, was er suchte, legte seine Karte auf den Tisch, salutierte übertrieben und polterte ohne ein weiteres Wort aus dem Haus.

Monica Thanai atmete tief durch, als dieser Besuch überstanden war.

Auf der Rückfahrt genehmigte sich Koller einen Tiroler Teller mit Braten, Knödeln und viel Sauce. Es war das Beste, was er seit drei Tagen erlebt hatte. Seine Zufriedenheit hielt jedoch nicht lange an. Beim Kaffee störte Raffina mit einem Anruf aus Münster. Im Hintergrund hörte man das unvermeidliche Glockengebimmel. Sie hätten den Autoschlüssel gefunden und drei weitere Schnipsel von der Karte. Ob sie mit der Durchsuchung des Wagens auf ihn warten sollten. Die Spurensicherung könne ja schon loslegen. Koller, hellhörig vor Groll, dass Raffina schon wieder vorgeprescht war, verbat sich, etwas anderes zu tun. «Ich bin in einer Stunde da!», brüllte er und gab im Kasernenton durch, dass ein bestimmter Brief und eine Seite aus einem Terminkalender zu finden seien.

Ein kleiner Hund, der unter dem Nebentisch geschlafen hatte, fing zu kläffen an. Koller zahlte und hinterliess beim Gehen eine Spur der Verwüstung: Eine Vase mit Plastikblumen fiel um, der kleine Hund jaulte wie ein Grosser, Kinder weinten, Mütter schimpften, Serviertöchterschürzen flogen auf und gaben der Szene unvermittelt etwas Anrüchiges. Der Wirt stemmte die

Hände in die Hüften und warf den Kopf herum, dass sein gezwirbelter Schnurrbart wippte.

Eva und Thomas kommen nicht weit

Als Ida Prezios aus der Messe zurückkam, hatte sie Zweifel, ob die Sache mit der Leopardenuhr nicht doch übertrieben war. Aber dann läutete das Telefon, Urs Andermatt entschuldigte sich höflich für die Störung, erkundigte sich nach ihrem Befinden und fragte, ob Frau Fendt schon zurück sei. Sie bedauerte und fragte, ob sie etwas ausrichten dürfe, und als Urs Andermatt sagte, er würde es später noch einmal versuchen, fand Ida Prezios die Uhr mit dem Leoparden-Armband eine goldrichtige Entscheidung und wünschte, sie hätte das zarte Satin-Halstuch und das sehr feine Parfüm mit fruchtig-frischer, rassiger Duftnote, beides im Leoparden-Look und zum Set-Preis von nur Fr. 15.90, gleich mitbestellt. Dieser Wunsch sollte an diesem Sonntag noch einige Male erneuert werden.

Denn kaum eine Stunde nach Urs Andermatts Anruf stand ein nicht mehr ganz junger Mann, schütteres Haar, randlose Brille, hängende Schultern, ausgebeulte Cordhosen, vor Ida Prezios' Tür und fragte mit dünner Stimme und so leise, dass sie zuerst nicht verstand, ob eine Frau Fendt bei ihr wohne. «Ja, schon», sagte sie kühl, «aber Frau Fendt ist im Augenblick nicht da.»

Sie war wenig erfreut, als er fragte, ob er auf Eva warten dürfe, er sei ihr Freund, sei jetzt vier Stunden gefahren und müsse sie dringend sprechen. «So, so», sagte sie, bot ihm missmutig einen Platz in der Ecke der Gaststube an und wandte sich wieder ihrer Lektüre zu. Es war ein hundertseitiger Katalog mit atemberaubenden Schmuckkreationen in Gold und Silber. Mitten in ihre andächtige Betrachtung eines kühn gearbeiteten Colliers schellte das Telefon. Der Ärger über die Störung verflog schnell. Es war Urs Andermatt. «Nein, leider, Herr Andermatt», sagte Ida Prezios laut, «Eva (das sass!) ist noch immer nicht zurück. Natürlich richte ich ihr gerne aus, dass Sie schon mehrmals angerufen haben.» Ida Prezios konnte zuschauen, wie der angebliche Freund in seiner Ecke zusammensackte. Ein wohliges Frösteln prickelte auf ihrer welken Haut, und sie hätte jetzt liebend gerne auf ihre Leopardenuhr geschaut und die Schläfen mit einem Tropfen des rassigen Parfüms gekühlt. Was für ein aufregender Sonntag.

Wenig später drehte sich ein Schlüssel im Schloss und Eva winkte in die Gaststube (von der Tür aus konnte sie Thomas nicht sehen), strahlend, die Kamera in der Hand.

«Hallo», rief sie, «ich will nur schnell neue Filme holen und bin gleich wieder weg.»

«Herr Andermatt hat schon mehrmals angerufen», säuselte Ida Prezios. Und nach einer künstlich in die Länge gezogenen Pause, während der sie sich den kraftvollen Sprung des Sekundenzeigers auf dem goldfarbenen Zifferblatt der Leopardenuhr vorstellte, sagte sie spitz: «Ausserdem haben Sie Besuch.»

Eva trat in die Stube, und ihr Gesicht verdüsterte sich augenblicklich. Als wäre ein Licht erloschen.

«Tho – mas!» In der Art wie Eva den Namen aussprach, offenbarte sich der Riss, der durch ihre Seele ging. Der Riss zwischen ihrer neuen Hochstimmung und der Bürde einer schlingernden, mühsam gewordenen Beziehung. Die zwei Silben barsten beinahe vor Entsetzen und Hilflosigkeit. Ein Hilfeschrei. Ein in Watte gepacktes ‹Nein›.

«Thomas», sagte sie noch einmal, und jetzt klang es milder, traurig auch und beinahe zärtlich, denn natürlich wusste Eva, was sie an Thomas hatte. Dass er ein verdammt lieber Mensch war, der alles für sie tun würde. «Die Überraschung ist dir gelungen», sagte sie erschöpft.

«Mensch Eva, ich hab mir Sorgen gemacht. Seit drei Tagen bist du in diesem Bergnest. Was ist eigentlich los?»

«Ich hab dir doch erklärt, dass der Pass …»

«Es gibt auch andere Routen, das weisst du so gut wie ich.»

«Ich habe ja versucht, dich zu erreichen.»

«Offenbar nicht oft genug.»

«Ich bin einfach nicht weggekommen. Tut mir Leid. Und hier sind seltsame Dinge passiert.»

Die Andeutung gab Thomas das Gefühl, den ersten Satz einer schrecklichen Botschaft zu hören. Er sagte: «Mein Gott, Eva. Wir hatten ein gemeinsames Wochenende geplant, ich dachte, es wäre auch dir wichtig.»

Thomas hatte sich fest vorgenommen, diesen Anrufer, diesen Andermatt zu ignorieren. Aber nach Evas Andeutung konnte er nicht mehr. Die Angst war stärker. Eifersucht ohrfeigte ihn, und er sagte tonlos: «Hast du dich verliebt? Wenn es das ist, Eva, dann sag es lieber gleich, bitte!»

«Nein Thomas, nein, aber ich war gerade …» Sie hatte der Frau im Museum gesagt, sie würde einen neuen Film holen und gleich zurück sein, aber das konnte sie jetzt wohl vergessen. Sie atmete tief durch und sagte: «Lass uns ein wenig hinausgehen, Thomas. Es gibt schöne Schneewege, da können wir reden.»

Ida Prezios hatte sich mit ihrer Filetstickerei diskret in ihre Privaträume zurückgezogen, die Tür allerdings angelehnt gelassen. Jetzt kam sie auf Raubtierpfoten in die Gaststube und fauchte: «Was soll ich denn Herrn Andermatt sagen, wenn er noch einmal anruft?»

«Er soll bitte seine Nummer hinterlassen, ich rufe später zurück», sagte Eva.

«Wer ist das eigentlich, dieser… Andermatt?», fragte Thomas.

«Er ist Archäologe und hat mir viel über die Geschichte des Klosters und der Kirche erzählt. Er kennt sich richtig gut aus.»

Thomas gab sich Mühe, sein ungutes Gefühl wegzustecken, wie man ein Hemd in den Hosenbund steckt. Es drückte umso mehr.

Thomas erkannte Eva nicht wieder. Sie schwatzte wie eine Fremdenführerin, wie eine Einheimische, die mit den Sehenswürdigkeiten ihres Orts prahlt.

«Komm, ich zeig dir die Kirche!», sagte Eva.

So aufgedreht hatte er sie schon lange nicht mehr erlebt, und das entfachte sein ungutes Gefühl aufs Neue. Er stellte sich stur. Er wollte die Kirche nicht sehen, er weigerte sich, vom Kloster beeindruckt zu sein, er verbot sich, das Dorf zu mögen. Er fand alles eng und beklemmend, der Himmel hing durch und drückte auf das Tal. «Ich glaube, ich sollte mal etwas essen», sagte er.

Sie sassen in einem Café wie zwei Fremde. Thomas verschlang Eier mit Speck, bestellte Brot nach und war immer noch nicht satt. Der Hunger war in seiner Seele. Eva wärmte ihre Hände an der Kaffeetasse und schluckte ihre Wut hinunter. Mehr als diesen Tisch teilten sie nicht. Ihre Stühle standen auf verschiedenen Kontinenten. Thomas probte und verwarf Sätze, kaute immer neue Anfänge durch. Ärgerte sich über seine Unentschlossenheit, spürte, wie etwas in ihm aufzusteigen begann, es war Angst.

«Warum bist du eigentlich hergekommen?», fragte Eva.

«Weil ich dir etwas Wichtiges … Weil ich etwas mit dir besprechen muss.»

Wenn Thomas so anfing, lief Eva innerlich davon. Flüchtete in eine dunkle Ecke, hörte nicht zu, weigerte sich zu sprechen, stellte sich tot. Das tat sie immer, seit damals. Eingraben, zuschütten, nichtaufderweltseinwollen.

Murmeltiere verfallen in einen todesähnlichen Winterschlaf. Ihre Körpertemperatur sinkt auf drei Grad Celsius, ihr Herz schlägt nur noch zwei bis drei Mal pro Minute. In diesem Zustand sind sie vollkommen unempfindlich gegenüber Berührung und Verletzung. In ihrem heugepolsterten unterirdischen Bau liegen sie eng aneinander geschmiegt, wärmen sich gegenseitig.

In den ersten Wochen ihrer Beziehung, an einem Vorfrühlingstag in Italien, hatte Eva ein Foto gemacht, das sie als Sinnbild einer schönen Anfangszeit im Gedächtnis bewahrte. Sie hatte einfach draufgehalten mit der kleinen Kamera, ganz ohne Absicht und Stilisierung, es war ein stilles, starkes Motiv: zwei Pullover, die über einem grünen Gartentörchen hängen, ein dunkelgrauer und ein hellblauer. Erhitzt vom Federballspielen hatten sie ihre Pullis ausgezogen und über das halbhohe Eisentor gehängt, das so herrlich quietschte, dass sie sich jedesmal halb totlachten, den quengelnden Singsang nachahmten und noch mehr lachten. Die beiden Pullover lagen über dem Törchen wie Kinder beieinander liegen, die Mittagsschlaf halten und sich aneinanderschmiegen, ein Arm an der Seite des anderen, ein Bild von rührender Zärtlichkeit. Es war die Beiläufigkeit der Geste, die Evas Herz berührte, der Zauber eines selbstverständlichen Zusammengehörens, einer feinen Intimität, einer geschwisterlichen Vertrautheit. Es war das Bild einer verlorenen Kindheit.

In solche Gedanken hatte sich Eva zurückgezogen und es geschafft, ihre Wut zu zähmen, darüber war ein anderes Gefühl wachgeworden, die Traurigkeit über einen unbenennbaren Verlust.

Sie gingen jenseits des Dorfes talaufwärts, schweigend, die Hände tief in den Taschen vergraben. Die Stille zwischen ihnen wirkte wie ein Verstärker für die Geräusche um sie herum: ihre malmenden Schritte im gefrorenen Schnee, das pfeifende Schnauben des Windes, anschwellend, abschwellend, das Geraschel dürrer Blätter, das ‹Bun di› der Langläufer, die an ihnen vorbeisausten, das Schleifen der Skier in der Spur.

Thomas wusste nicht weiter. Er war an seinem ersten Satz hängen geblieben. Seine Angst, dass hier etwas auf ein Ende hinauslaufen würde, wuchs mit jedem Schritt, den er auf diesem Weg ging, und mit jedem Atemzug, den er nicht nutzte, um zu sagen, was er sagen wollte. Und so rettete er sich mit einem wenig heldenhaften Sprung auf einen Zug, der in die Gegenrichtung fuhr. Zurück zum Anfang, an jenen Tag, als er Eva zum ersten Mal begegnete. Der Marketingleiter auf der Suche nach einem neuen Bildkonzept für seine Büromöbel. Eva Fendt hatte ihm sofort gefallen. Ihr Fotostil, ihre Art zu denken, die Unergründlichkeit ihrer Augen, der schöne Mund, ihr Lachen. Von Anfang an war das Mass seiner Gefühle für sie das ganze Leben gewesen. Ihre Beziehung startete grandios: Sie fotografierten gemeinsam in barocken Schlössern, modernen Museen und Wellnesstempeln, inszenierten Schreibtische und Schreibtischstühle als aufregende Kunstobjekte, sie fanden eine neue Bildsprache für seine Designlinie, und sie entdeckten eine neue Sprache für sich. Ihre Körper lernten neue Worte und Zeichen und Wunder. Ineinander versunken, riefen sie ihre Namen wie Gerettete. Er hütete Evas Schlaf, wenn sie erschöpft an seiner Seite lag, er war hellwach, wenn sie benommen vor Verlangen zu ihm kam.

Eva spürte ein Prickeln auf der Haut, kleine Stiche auf den Wangen, die langsam und kalt verglühten. Sie sah in das Zeitlupenschweben der Schneeflocken, schloss die Augen und meinte selbst zu schweben. In diesem Tal, auch wenn es sich jetzt verdunkelte, hatte sie gemeint, ein Echo ihrer Seele zu hören, den Anfang eines Fadens zu finden, der sie führen würde. Aber sie täuschte sich wohl, wie sie sich auch in jenem Bild von den zwei Pullovern getäuscht hatte. Denn als sie es kürzlich wieder hervorholte, war es ein anderes geworden. Sein Zauber war verflogen.

Sie sah zwei sehr verschiedene Kleidungsstücke, zufällig nebeneinander hängend. Sorgfältig abgelegt das eine, mit erkennbaren Konturen und schönem Faltenwurf. Lieblos zusammengeknüllt und hingeworfen das andere, ein Bündel Pullover ohne rechten Halt, immer in Gefahr, hinunterzufallen. Und noch etwas bemerkte Eva erst beim zweiten Ansehen: vom grünen Törchen blätterte die Farbe, am Eisengestänge frass der Rost. Verklärung oder Verriss – durch die Doppelbelichtung ihres Blicks stiess sie endlich auf die wahre Bedeutung des Bildes, und im Grunde ihres Herzens hatte sie es von Anfang an gewusst: der zweite Pullover war immer der ihres Bruders gewesen. Des Bruders, den sie nie gehabt hatte.

Dunkle Wolken zogen über sie her. Ein wütender Wind zerrte an ihren Kleidern und riss die Schneise zwischen ihnen immer tiefer.

«Also, nun sag schon», begann Eva, «was gibt es so Wichtiges zu besprechen, dass du diesen weiten Weg hierher fährst?» Ihre Stimme klang feindselig und kalt.

Thomas sah das Tal an einer grauen Wand zerschellen. Er spürte, wie seine Sprache zerbrach, eine Eisplatte, die auf den Boden kracht, in tausend Stücke zerfällt. Teile, kleiner als Worte. Und einst bewohnten sie ein Haus zwischen den Zeilen der Welt. Sie reisten nach Prag, Ingeborg Bachmanns Stimme im Ohr, die seltsam tonlos und brüchig und dennoch gewiss klang, fanden die Brücken heil und gingen auf gutem Grund und fanden Böhmen am Meer. Ihre Streifzüge durch die alte Stadt waren Strandspaziergänge, die Poesie war ihre Führerin. Sie waren glückliche Weltblinde, zu blind und zu glücklich um zu merken, wie sich das Meer allmählich von Böhmen zurückzog und die Poesie aus ihrer Liebe verschwand. Als Thomas es merkte, war es zu spät. Er wollte aber nicht, dass es zu spät war. Er sagte: «Ich kann ein Haus kaufen, ein Haus mit Garten und jeder Menge Platz für uns und sogar für ein Studio.» Er wusste, der Satz war eine Bombe. Eine Bombe, die etwas zerstörte oder einen neuen Weg freisprengte. Denn im Kern dieser Ansammlung von unscheinbaren Worten lag die Botschaft, mit der er alles aufs Spiel setzte. Sie lautete: Ich will endlich mit dir zusammenleben.

Es war die Botschaft, vor der Eva sich immer gefürchtet hatte. Sie traf auf jene unglückliche Gemengelage aus Angst und Wut, die ihr die Luft nahm. Sie hielt sich an die Wut und wurde laut: «Und deshalb reisst du mich hier aus allem raus? Ich war mitten im Fotografieren.» Sie hatte der Frau im Museum versprochen, gleich wiederzukommen und hatte ihr Versprechen nicht gehalten. Das machte Eva noch wütender. «Herr Thomas kommt einfach nach Müstair und sagt Stopp!»

«Das tut mir Leid, ich wusste nicht, dass du hier arbeitest.»

«Ich habe etwas Neues ausprobiert. Und überhaupt habe ich hier aufregende Dinge entdeckt. Ich hätte dir so gerne die Kirche gezeigt, aber du willst ja nichts davon wissen.»

«Mein Gott, Eva, weisst du denn nicht, was dieses Haus bedeutet?»

Eva schwieg.

«Wir hätten endlich ein richtiges Zuhause.»

Sie wollte kein richtiges Zuhause. Und so schwieg sie, während der Weg steiler wurde und das Gehen schwieriger. Sie schwieg, während der Schnee dichter fiel und der Wind stärker wurde. Sie hätten eigentlich umkehren sollen, aber das sagte sie nicht. Sie sagte: «Ich kann das nicht.»

Ein Duft von Holzfeuer lag plötzlich in der Luft, von wo er kam, war im Flockennebel nicht auszumachen, aber für Thomas war es ein freudiges ‹Ja›, ein liebevoller Kommentar zu seinem Haus, und zum ersten Mal gefiel ihm etwas an diesem Tal.

«Was kannst du nicht?»

«Mit dir zusammenziehen.»

«Und warum nicht?»

«Weil ich mit niemandem zusammenziehen kann. Ich fühle mich eingesperrt.»

«Du hast es doch noch nie versucht!»

«Ich weiss, dass ich es nicht kann. Allein der Gedanke nimmt mir die Luft!» Eva sah vollgestopfte Wäschekörbe, samstägliche Gartenarbeit und Tische, mit Kerzen und grossen Erwartungen gedeckt, und dachte ‹Nein Nein Nein›. Ein abgestandener, ranziger Geruch stieg auf, er kam von der in einer Ecke verrottenden Freiheit, es war der Mief einer altgewordenen Beziehung.

«Mein Gott, Eva», begann Thomas aufs Neue, «das Haus ist ein Traum. Du musst es sehen, da geht dir das Herz auf.»

«Es ist dein Haus, Thomas, nicht mein Haus!», sagte Eva gereizt.

«Ist dir eigentlich klar, was du da sagst?»

Eva starrte auf den Weg.

«Nein, offenbar nicht, Eva. Wir sind jetzt bald zwei Jahre zusammen. Wir hatten eine wunderschöne Zeit, aber es ist uns auch etwas verloren gegangen. Ich möchte, dass wir es wiederfinden. Was uns fehlt, ist Zeit. Immer nur Wochenenden und ab und zu Urlaub, das ist doch viel zu wenig. Mir jedenfalls reicht das nicht. Es hat mir nie gereicht, und es wird mir niemals reichen.» Er wechselte die Tonart: «Ich werde nächstes Jahr vierzig, Eva. Ich möchte endlich irgendwo ankommen. Irgendwo zu Hause sein. Mit dir. Ich liebe dich Eva, das weisst du. Und ich möchte mein Leben mit dir teilen. Ist das so eine Anmassung?»

Es war eine Anmassung. Und jedes Wort, das Thomas sagte, war Öl in Evas Feuer, jedes kitschige Geständnis, jede Liebeserklärung, das ganze Beziehungsgeschwätz liess ihre Wut weiter hochkochen, ihre innere Stimme schrie immer lauter ‹Nein›, bis zum letzten unerbittlichen ‹Nein›. «Du bildest dir wohl ein, ich lasse alles stehen und liegen wegen deinem blöden Haus. Dein

Haus interessiert mich nicht, hörst du. Ich will kein Haus mit dir teilen, mit dir nicht und mit niemandem sonst auf der Welt!» Eva wusste, dass sie ungerecht und gemein war. Ihr Zorn hatte ein Mass erreicht, das längst nicht mehr nur Thomas und seinem Haus galt. Evas Zorn war viel älter.

Als wäre er im Eis eingebrochen, stürzte Thomas in das Bewusstsein, alles verloren zu haben. Die Kälte machte ihn hellwach. Und wie unter dem Brennglas einer Eisscherbe sah er so klar wie noch nie seine ganze verrückte Liebesgeschichte mit Eva Fendt. Er sah seine lange verdrängte, immer wieder beschwichtigte Enttäuschung, alle Kränkungen, alle Zurückweisungen, jedes Hinhalten, Evas Unverbindlichkeit, alles, was Eva ihm angetan hatte und er sich hatte antun lassen, weil er nichts mehr und nichts anderes wollte als mit ihr leben. Er sah den Anfang ihrer Liebe, ein Fest, eine Verheissung, und er wollte, dass es so weiterging. Und irgendwo am Horizont sah er eine Familie, die er mit Eva gründen wollte. Und seit er diesen Gedanken mit sich herumtrug, wartete er, ja lauerte, lauschte, gierte er darauf, verzehrte er sich danach, dass Eva sich ändern würde. Er wünschte sich nichts sehnlicher, als dass sie dasselbe wollte wie er. «Was bist du bloss für ein seltsamer Mensch, Eva Fendt?», sagte er resigniert. Und in einem letzten verzweifelten Versuch, sich an einer Empörung zu wärmen, schrie er: «Du hast es ja in den zwei Jahren nicht einmal für nötig gehalten, mich deinen Eltern vorzustellen. Das war dir wohl zu spiessig, oder ich war dir einfach nur peinlich, was, Frau Starfotografin?»

Ein Vorhang war zwischen ihnen gefallen, einer aus Eis, eine Eiswand. Durch sie hindurch hörte Eva Thomas etwas sagen. Das letzte, was sie von ihm sah, war, wie die dunkle Silhouette im Schneegestöber verschwand. Verschluckt, ausradiert, wegretuschiert, gelöscht wurde.

Eva ging weiter. Im Schnee, der weich unter den Schritten federte. Im Schnee, der sie in flauschige Tücher packte und vor der Welt in Schutz nahm. Im Schnee, der stöbernd die Sinne narrte und alles durcheinanderwirbelte. Im Schnee mit seinen tausend Farben Weiss. Im schillernden Schnee mit seiner Undurchschaubarkeit. Im tröstlichen Schnee, der ihr ein Haus baute, ein Haus für sie allein, mehr als ein Haus, eine Kathedrale, erfüllt von feierlicher Stille, knisternder Gespanntheit. Und unvermittelt ein Aufbrausen des Sturms, ein wütender Orgelakkord, der im Innersten widerhallte. Dann wieder Stille, lautloses Flimmern und Schwirren, tausend Flocken, die mit Eva tanzen wollten. Sie warf sich dem windigen Schnee in die Arme. Und der Sturm trieb sie an. Schneller, schneller.

Es war der pure Leichtsinn, was Eva da tat. Vollkommen unzureichend gekleidet, forderte sie die Angriffslust der Elemente geradezu heraus. Die sagten ihr, wer hier oben Herr im Hause war. Und so hielten der hochgeschlagene Mantelkragen und der dünne Wollschal dem eisigen Toben nicht lange Stand. Die Schneeflocken, vom Sturm gepeitscht, schlugen auf ihren Hinterkopf und glitten wie eisige Finger über die Haut. Eva dachte an das Muttermal in ihrem Nacken, einen kirschgrossen, dunkelbraunen Fleck, den sie immer als Makel empfunden und längst hatte entfernen lassen wollen, doch Thomas verehrte dieses Mal, er nannte es liebevoll ihr Logo, ihr Branding, an dem er sie immer erkennen würde unter allen Frauen dieser Welt.

Plötzlich, als hätte jemand ein unterbrochenes Programm weiterlaufen lassen, wurde Eva von einer tiefen Zärtlichkeit ergriffen, sie kam so heftig wie die Windböe, die sie hinterrücks überfiel. Sie kam als flammendes Gefühl für Thomas mit allen seinen Macken – seiner langweiligen Solidität, seinen kleinbürgerlichen Träumen, seiner Fürsorglichkeit –, die ihr auf die Nerven gingen. All das erschien ihr unvermittelt als Inbegriff von Zuhausesein. Doch dabei blieb es nicht lange. Denn was sie weitaus mehr erregte, war die eisklare Gewissheit, dass sie nichts, aber auch gar nichts unternehmen würde, um Thomas zurückzugewinnen. Sie genoss das Gefühl, nein, sie suhlte sich förmlich darin, alles verloren zu haben, ganz allein auf der Welt zu sein wie das Sterntalermädchen. Es war ein tiefes, pures Gefühl, zehnmal stärker als es eine lauwarme Versöhnung je würde sein können. Es kristallisierte sich zu einer masslosen Sehnsucht, die sich im nebligen Licht zwischen Himmel und Schnee verlor. Eva ging auf sie zu. Lief barfuss durch ihre innere Landschaft, brach ein, brach immer wieder ein, hatte den Weg längst verloren. Mit eisverklebten Augen, die Glieder am Erstarren, watete sie durch knietiefen Schnee, versank in verschütteten Zeiten, stiess auf ein altes Seelenalbum, es lag, seit bald zwanzig Jahren, ganz hinten in einem Schrank, versteckt unter alten Kleidern, in einem verschlossenen Koffer, dessen Schlüssel längst nicht mehr existierte, unter Spielsachen, Kinderbüchern, frühen Schulzeugnissen, Sportabzeichen und Fotos, in Packpapier dick eingewickelt und x-fach verschnürt. Und alles war wieder da.

Eva war zwölf, als eine fremde Frau sie in ihre knochigen Arme nahm und sagte, du musst jetzt sehr tapfer sein. Der Lastwagenfahrer hatte die Kontrolle über sein Fahrzeug verloren und den Wagen ihrer Eltern regelrecht zermalmt. Sie waren sofort tot. Eva weinte erst in einem schrecklichen Heim, dann in einer fremden, kalten Wohnung. Wieder kam die fremde Frau, nahm sie nicht in die Arme und sagte, du wirst es ja doch eines Tages wissen müssen. So erfuhr Eva, dass die tödlich Verunglückten gar nicht ihre leiblichen Eltern waren. Dass sie adoptiert worden war, vier Wochen nach ihrer Geburt. Man habe keinerlei Informationen über ihre Mutter, geschweige denn über ihren Vater. Damals verlor Eva den Boden unter den Füssen. Versank in Trauer, Einsamkeit und hilfloser Wut, wollte keinen Trost, von niemandem.

Mit siebzehn, die Liebe hatte sie zum ersten Mal getroffen, begann sie eine verzweifelte Suche. Besessen davon, ihre leibliche Mutter zu finden, schrieb sie Briefe, lief von Amt zu Amt, verfolgte Spuren überall hin, stellte sich das Gesicht ihrer Mutter vor, ihr Haar, ihre Hände, malte sich ihre erste Begegnung aus, vergötterte und hasste sie. Erreichte nichts. Vernachlässigte die Schule, fand keine Rettung, auch nicht in der Liebe. Bis sie eines Tages alle Türen hinter sich zuschlug, ihren Kummer in den hintersten Winkel ihrer Seele stopfte, das Fotografieren entdeckte und beschloss, sich nur noch den schönen Dingen der Welt zu widmen. Nicht mehr zurückzuschauen. Der Zeit nicht mehr zu trauen. Und der Liebe nicht. Nichts und niemandem. Und keine Fragen mehr zu stellen.

Koller ist Salome auf der Spur

Mehr als ungehalten kam Koller nach Müstair zurück. Nicht lange nach seinem Knödelerlebnis hatte Steiner angerufen, ihn über das Gespräch mit der Witwe ausgefragt, die Ergebnisse dürftig gefunden und richtig Druck gemacht. Wie ein geschlagener Hund sass Koller hinter dem Lenkrad. Die Kontrolle an der Grenze ging ihm auf die Nerven, der Anblick des Kirchturms ging ihm auf die Nerven, und in diesem verfluchten Bergdorf schneite es schon wieder. Schlimmer noch. Es tobte ein regelrechter Schneesturm. In Kollers Seele war dasselbe kalte Wüten, nur in Schwarz.

Erst die Schadenfreude wärmte ihn wieder ein wenig, als er Raffina im Schneetreiben neben Eppachers Wagen stehen sah. Koller parkte umständlich ein, liess sich mit dem Aussteigen Zeit, schob den Sitz nach hinten, rutschte einige Male vor und zurück, bis die Halterung eingerastet war, knöpfte den Mantel zu, klappte den Kragen hoch, kramte nach einer Mütze, versorgte seinen Pass in der Brieftasche, knöpfte den Mantel halb wieder auf, steckte die Brieftasche ein. Eigentlich hatte er auf diesen ganzen verfahrenen Fall überhaupt keine Lust mehr. Und wenn er an Steiner dachte und wenn er diesen vor Diensteifer geifernden Raffina sah, kam ihm erst recht die Galle hoch.

«Da sind Sie ja endlich!», rief Raffina grinsend und hielt den Autoschlüssel hoch wie ein Pokalsieger den Pokal. «Die Spurensicherung ist durch, wir können rein, Herr Kommissar.» Raffinas Selbstherrlichkeit machte Koller fuchsteufelswild, aber er riss sich zusammen, dachte: ‹Commissario› klingt irgendwie eleganter, vielleicht sollte ich doch noch nach Italien wechseln. Er schimpfte: «Warum muss es hier eigentlich ständig schneien?», griff nach dem Schlüssel und klickte den Wagen auf.

Die Plastiktüte hatte man schon von aussen gesehen. Sie lag auf dem Beifahrersitz und enthielt die Einkäufe Eppachers, von denen der Kassierer in der 70. Minute des Spiels berichtet hatte, als es noch nicht verloren war. Koller drehte sich mit dem Rücken zum Wind, nahm Stück für Stück heraus, Raffina schlug sein Notizbuch auf und sah Koller herausfordernd an.

Der sagte: «Eine Stange Zigaretten, Marke ‹Parisienne rot›. Vier Tafeln Schokolade, verschiedene Sorten, Marke ‹Lindt›.» Er drehte sich zu Raffina. «Haben Sie das?»

Raffina nickte übertrieben devot.

«Eine Schachtel Pralinés, ‹Lindt Nouvelle Confiserie, Composition Suisse›.»

«Notiert!»

«Und der Kassenbon über Fr. 62.40.» Koller hielt den Zettel mit klammen Fingern fest, ging die einzelnen Posten durch und sagte so laut, dass Raffina den Stift fallen liess, «Oha!» «Oha!», rief Koller noch einmal, falls der Welt entgangen sein sollte, dass er eine sensationelle Entdeckung gemacht hatte. «Das ist ja ein Ding!»

«Herr Kommissar ...», Raffina hob den Stift auf, verharrte in einer Art Bückling und schaute Koller gespannt an: «... eine neue Spur?»

«Kann man wohl sagen. Schauen Sie sich das an!» Er streckte Raffina den Bon hin wie ein Oberlehrer, der auf die Lösung einer Rechenaufgabe wartet. Raffina zog seine Dienstmütze tiefer in die Stirn und sagte: «Aha! Ah, ja. Das ist in der Tat einmalig! Laut Bon hat Eppacher *zwei* Schachteln Pralinés gekauft, hier steht 2 Mal Fr. 7.90. Gefunden haben wir aber nur *eine* Schachtel.»

«Eben, Raffina!», rief Koller, «stellt sich also die Frage, wo die zweite ist.»

«Vielleicht hat Eppacher sie ja selber ... noch ... gegessen.»

«Quatsch!», sagte Koller und klopfte sich den Schnee vom Mantel.

«Vielleicht ist sie an anderer Stelle im Auto.»

«Dann her damit!», rief Koller, der sich die goldene Schachtel an spektakuläreren Orten vorstellte, in einer dunklen Kirchenecke zum Beispiel oder auf einem schummrig beleuchteten Tisch, an dem sich der Mörder über die ‹Nouvelle Confiserie› hermachte. KOMMISSAR KOLLER ÜBERFÜHRT PRALINENMÖRDER AM GARDASEE. Es gab schon geringfügigere Mordmotive als eine Schachtel Pralinen, dachte Koller. Und da ihn der Wind mit eisigen Böen angriff, riss er die Arme hoch wie ein Boxer und verfluchte einmal mehr das Wetter in diesem Münster. «Haben Sie bei Ihrer ganzen Sucherei nirgendwo so eine Packung gefunden, Raffina? Voll oder leer?», blaffte Koller und fand, das war ein klarer Punkt für ihn. Und doppelte nach: «Schauen Sie mal in Ihrem Notizbuch, wenn Sie es nicht im Kopf haben!»

Raffina schlug sich brav durch ein Dutzend Seiten und sagte: «Nein, Herr Kommissar, eine Pralinenschachtel ist nicht dabei.» Er klappte das Notizbuch zu, sagte: «Aber machen wir doch mit dem Wagen weiter», und setzte sich hinters Lenkrad.

Koller trat mit der Schuhspitze in den Schnee, wollte ein lautes Knacken hören, wie wenn man ein grosses, ekliges Insekt zertritt.

Sie fanden keine zweite Pralinenschachtel und keinen Brief, der in einer künstlerischen Schrift und mit schwarzer Tinte geschrieben war, sondern nur die üblichen Dinge, die in Handschuhfächern, Türablagen und unter Sitzen liegen. Raffina schüttelte Strassenkarten und Stadtpläne auf, blätterte durch Bedienungshandbuch und Autoatlas. Und prompt. Auf der Doppelseite ‹Vinschgau› lag ein Terminkalenderblatt vom vergangenen Freitag.

«Herr Kommissar!», rief Raffina und winkte ihn auf die Beifahrerseite.

«Geben Sie her!» Koller zwängte sich auf den Sitz und riss Raffina das Blatt aus der Hand. «Tatsächlich, wie die Witwe vermutet hat, das war Eppachers Merkzettel für seine Verabredung.» Koller machte eine anzügliche Geste und raunte: «Übrigens unter uns, Raffina, die Witwe Eppacher, viel jünger als er, ich sag Ihnen, ein rassiges Weib!»

Raffina schaute Koller an, als wäre der nicht ganz bei Trost, zumindest nicht bei der Sache.

«Ja, das passt doch!», rief Koller und las laut: «‹P, Müstair, Gnadenkapelle, 16:30 Uhr›. Haben wir in dieser Kapelle irgendetwas gefunden? Karte, Zettel, Schnipsel?»

Koller spürte, wie ihn ein alter Ehrgeiz packte.

Raffina schüttelte den Kopf und grinste: «Pech gehabt, Herr Kommissar. Nichts dergleichen. Auch kein Brief, kein Papier, keine Pistole, kein Päckchen, keine Pralinen!» Er betonte jedes ‹P› übertrieben.

«Papperlapapp!», rief Koller und merkte, wie der Zorn seinen Ehrgeiz abwürgte. Dieser Raffina wird immer unverschämter, dachte er und sagte: «Haben Sie überhaupt richtig gesucht?»

«Wie Profis, das ganze Programm. Mit der peinlichsten Pietät. Päpstlicher als der Papst.»

Koller schluckte seinen Zorn hinunter, sein Schlucken war förmlich hörbar. «P», sagte er tonlos, «hiess nicht dieser Student, dieser Gardaseerienmörder mit Vornamen Paul?»

«Der Praktikant? Pardon, Herr Kommissar, der heisst Peter. Peter Schneidhofer.»

«Peter oder Paul ist doch völlig egal, Hauptsache ‹P›.»

«Es gibt viele Namen, die mit ‹P› anfangen. Vornamen, Nachnamen, Männernamen, Frauennamen. Vielleicht ist ja ‹P Punkt› auch die Abkürzung für irgendetwas anderes.»

«Und was soll das sein?»

«Keine Ahnung. Sie sind hier der Profi!»

«Ja klar, bin ich das», beeilte sich Koller zu sagen, «und ich bin hundertprozentig sicher, dass ‹P Punkt› die Person ist, mit der Eppacher verabredet war, und zwar jener ominöse Freund, von dem die Witwe gesprochen hat. Und dieser P. Schneidhofer ist jetzt erst recht unser Hauptverdächtiger.»

«Der Punkt geht an den Profi!», sagte Raffina und salutierte übertrieben.

Hinter Kollers Zorn begann die fürchterliche Ahnung zu dämmern, dass der andere sich warmlief. Wie damals Vittorio, der junge Tessiner, den sie den ‹Italiener› nannten. Seit Jahren hatte er nicht mehr an Vittorio gedacht, seinen Erzrivalen in der Jugendelf. Koller knirschte mit den Zähnen, starrte durch die Windschutzscheibe in den Schneesturm. Heulen und Zähneklappern, draussen und drinnen.

Unterdessen drehte Raffina am Zündschlüssel. Ein Knacken aus dem Lautsprecher, starkes Rauschen, dann eine tiefe Stimme, sehr laut: «Wie schön ist die Prinzessin Salome heut abend.» Raffina drehte leiser. Eine andere Stimme, theatralisch: «Schau den Mond. Sehr seltsam sieht er aus ... wie eine Frau, die aus dem Grab steigt ...»

Koller schüttelte sich. «... wie eine kleine Prinzessin, die einen gelben Schleier trägt und silberne Füsse hat. Man möchte meinen, sie tanzt.» Koller begann mit den Füssen zu scharren. «Was ist das denn für ein Schwachsinn!», schnauzte er.

Es war eine Kassette. Raffina drückte Stop, Vorlauf und Play. «O Salome, Salome, tanze für mich.»

«Oje oje, bitte nicht!», stöhnte Koller. Er hasste Tanzen. «Es reicht!» Er drückte Eject und nahm die Kassette aus dem Gerät. ‹Oscar Wilde, Salome› stand darauf. «Die Aufnahme hat auch schon einige Jahre auf dem Buckel», sagte er. «Warum hört jemand so einen alten Mist freiwillig?» Er hasste Theater.

«Ja, Herr Kommissar, merken Sie denn nicht?»

«Hä?»

«Jetzt haben wir es schon zum zweiten Mal mit Salome zu tun.»

Raffina griff nach seinem Notizbuch und hielt Koller eine Karte unter die Nase.

«Jetzt fuchteln Sie hier doch nicht so rum!»

«Der Kartenschnipsel in Eppachers Manteltasche, der stammt von einer solchen Karte. Darauf ist die Enthauptung des Johannes und Salomes Tanz.»

Koller riss ihm die Karte aus der Hand. «Da, dieser Handstand, dieser Salto, das soll ein Tanz sein?» Der FC-Torjäger macht auch solche Sprünge, wenn er ein wichtiges Tor geschossen hat, dachte er, liess sich aber nicht zum Ärger über das verlorene Spiel hinreissen. «Das kann kein Zufall sein», sagte er aufgeregt, «Eppacher hört eine Salome-Kassette im Auto, als er zu seiner Verabredung fährt. Er hat einen Schnipsel der Salome-Karte in der Tasche, als er stirbt. Er war Schauspieler. Seine Frau ist Schauspielerin. Ein bisschen viel Theater auf einmal.» Plötzlich fühlte Koller seine alte Form zurückkehren. «Salome also», sagte er mit Bedeutung. «Dann gehen wir doch jetzt mal dieser Geschichte nach.» Er schaute Raffina herablassend an: «Wer in diesem Kaff kann mir etwas über diese Salome-Geschichte erzählen?»

«Der Pfarrer oder der Lehrer oder die Katechetin», sagte Raffina.

«Ja wer denn nun?»

«Gehen Sie am besten zum Pfarrer.»

Koller sprang aus dem Wagen, drehte sich noch einmal um und sagte: «Ah, Raffina, haben wir nicht noch mehr von diesen Kartenschnipseln gefunden?»

«Ja, doch.»

«Und wo?»

«Im alten Kreuzgang, also auf dem Weg, den Eppacher vermutlich genommen hat, als er auf den Kirchendachboden lief.»

«Und? Steht was drauf?»

«Nichts.»

«Will ich nachher trotzdem sehen! Und Raffina: Weitersuchen. Ich wette, es gibt noch mehr davon!»

In Raffinas Jackentasche klingelte das Telefon. Koller winkte ab, liess Raffina im Schnee stehen und lief über den Parkplatz in Richtung Kloster, die ersten zwanzig Meter im Spurt, wie ein Einwechselspieler, der heiss ist auf seinen Einsatz. Das sonntägliche Glockenläuten fand er für einmal absolut angemessen. KOMMISSAR KOLLER IST RAFFINIERTEM SALOME-MORD AUF DER SPUR.

Der Anruf für Raffina kam aus Italien. Es gab Neuigkeiten zu Peter Schneidhofer.

Koller sass auf dem harten Besucherstuhl und wartete auf den Pfarrer, der, wie ihm eine Nonne mit frommem Augenaufschlag und aufrichtigem Bedauern mitgeteilt hatte, in einer dringenden seelsorgerischen Angelegenheit ausser Haus war, aber jede Minute zurückerwartet wurde. Kollers Hochform war schon wieder verflogen. Er fühlte sich vergessen, vernachlässigt, verhöhnt, eine Verschwörung lief gegen ihn, sie liessen ihn schon wieder auf der Ersatzbank schmoren. Er zappelte mit den Beinen, wedelte mit der Salome-Karte und wurde jede Minute ungehaltener. Er dachte an Steiner, dem er es hatte zeigen wollen und dem er jetzt am liebsten den Bettel hingeworfen hätte. Er dachte an Raffina, und sein Blut geriet in Wallung. Er dachte an seinen Trainer, der damals Vittorio und nicht ihn eingesetzt hatte, und wünschte beide zum Teufel. Sein Herz war voller Missgunst und Zorn. Seine Schuhe waren vom Schnee durchnässt, seine Füsse eiskalt. Heulen und Zähneklappern, drinnen und draussen.

Der Pfarrer, ein altes, bärtiges Männlein mit hängender Unterlippe und Brillengläsern dick wie Fensterscheiben, sah Koller wenig freundlich an und las ihm die Leviten: «Salome, diese unsittliche Person, diese verabscheuungswürdige Sünderin, dieses Teufelsweib, deren gauklerhaft unzüchtiger Tanz – ein regelrechter Überschlag mit dem Kopf nach unten – nichts anderes ist als ein Höllensturz, jawohl, ein direkter Sturz zum Satan, wo es auch hingehört, das verwirrte Geschöpf», schimpfte er, dann wurde seine Stimme unvermittelt sanft: «Während Johannes der Täufer im gleichen Augenblick in den Himmel aufgenommen wird.»

In seinem Unbehagen schlug Koller mit dem Fuss gegen das klösterliche Tischbein, wusste aber zu seiner, respektive Salomes Verteidigung nichts zu sagen, und das fromme Männlein erhob den Zeigefinger und wurde abermals laut: «Allein die langen Haare und die überlangen Ärmel, wenn ich auf diese Details hinweisen darf, Herr Kommissar, sind deutliche Zeichen für die Sündhaftigkeit dieser Kreatur, Zeichen für die luxuria, eine der sieben Todsünden.»

Koller sprang von seinem Büsserstuhl auf. «Und die Salome, die sie im Theater spielen?»

«Noch verwerflicher», kam es prompt zurück, «gänzlich unmoralisch, ein durch und durch perverses Weib, eine einzige Versündigung gegen den Herrn. Ein verbotenes Werk, von einem Autor, über dessen Lebenswandel ich lieber schweigen will. Schweigen muss.»

Lautlos öffnete sich die Tür einen Spalt weit, eine Nonne schaute herein, verneigte sich demütig in Richtung Pfarrer und deutete zur Uhr.

«Ich komme, Schwester», sagte er. Und zu seinem Gast: «Jetzt müssen Sie mich aber entschuldigen, die klösterlichen Pflichten rufen. Gott gebe Ihnen Geduld und Grossmut, Bescheidenheit und Liebe. Und er möge Sie bei der Aufklärung dieses traurigen Falles erleuchten, Herr Kommissar.»

Zum Abschied drückte er Koller ein Neues Testament in die Hand, wischte sich einen Speichelfaden vom Kinn und sagte: «Hier können Sie nicht nur die Geschichte vom Tod des Johannes, sondern das lebendige Wort Gottes in jeder Zeile lesen. Der Herr sei mit Ihnen.»

Koller fragte sich wütend, ob er jetzt schlauer war. Diese Salome-Geschichte brachte ihn doch keinen Schritt weiter! Er hatte sich von einem altersschwachen Pfaffen beschimpfen lassen, als würde es um *seinen* Lebenswandel gehen! Hatte sich frommes Geschwätz anhören müssen. Hätte weiss Gott Besseres zu tun. Panik kroch in ihm hoch, die fürchterliche Ahnung, dass er seine

Chance nicht nutzte. Er hatte es doch allen zeigen wollen. Er wollte doch als Champion vom Platz gehen. Und jetzt lief ihm die Zeit davon.

Mit hochgeschlagenem Kragen und wehenden Mantelschössen stürmte Koller durch den Klosterhof. Dabei hätte er beinahe eine bucklige Alte über den Haufen gerannt. Ohne mit der Wimper zu zucken, lief er weiter. Er wirkte einigermassen kopflos.

Eva wird mütterlich umsorgt

Ida Prezios seufzte. Es gab nichts Langweiligeres als Sonntagnachmittage. Die Filetstickerei strengte auf Dauer die Augen zu sehr an, im Fernsehen lief nur Sport, kein Mensch ging bei dem Wetter spazieren, und so war das Programm vor dem Fenster noch öder als das auf dem Bildschirm. Das Radio dudelte ungehört vor sich hin. Die einzigen Unterbrechungen dieser falschen Stille waren das Scharren des Schneeräumfahrzeugs und die Kirchturmglocke. Dabei hatte der Tag so aufregend angefangen. Wenn sie erst die Leopardenuhr hätte, würde die Zeit definitiv wie im Flug vergehen. Wenigstens hatte Urs Andermatt noch einmal angerufen und seine Nummer hinterlassen, und jetzt wartete Ida Prezios sehnlichst auf Evas Rückkehr, denn sie hatte Herrn Andermatt versprochen, dass Eva sich sofort melden würde. Dass sie mit ihrem angeblichen Freund unterwegs war, hatte Ida Prezios tunlichst verschwiegen. Nun war es bald drei Uhr, draussen schneite es immer noch, wenn auch, Gott sei Dank, der verrückte Wind nachgelassen hatte, und dieses leichtsinnige junge Ding aus der Stadt war noch immer nicht zurück. Allmählich machte sich Ida Prezios Sorgen. Seufzend nahm sie ihre Stickerei wieder zur Hand, einen halbfertigen Filetvorhang, der einen Geige spielenden Putto auf einem blumenumrankten Weidezaun sitzend darstellte. Sie war jetzt auf Höhe des Bauchnabels. Da fiel ihr ein, dass sie zum fünfundsiebzigsten Geburtstag ihrer Freundin Cherubina dringend eine neue Bluse bräuchte. Und so schlurfte sie, die Stickerei in der Hand und die hinuntergefallene Garnrolle hinter sich her ziehend in Richtung Ofenbank, wo sie neben Zeitung und Kirchenblatt eine wohlsortierte Auswahl an Versandkatalogen aufbewahrte. Das spinnwebfeine Garn verhakte sich unter einem Stuhlbein, was Ida Prezios ruckartig zum Stehen brachte. Hinter ihr vibrierte der straff gespannte Faden, doch ihr Blick blieb an einem anderen Objekt hängen. An ihren Hausschuhen, Modell Ilse, aus 100% Schurwolle mit kuschelweichem, mollig warmem Plüschfellinnenfutter. Sie sah es erst jetzt, und diese Entdeckung entlockte ihr einen spitzen Freudenschrei: Modell Ilse hatte eine Ziermasche in Leopardenfelloptik, die wunderbar mit der Leopardenuhr harmonieren würde. Welch schicksalhafte Übereinstimmung! Und welch starkes Zeichen, dass sie aufregenden Zeiten entgegenging. Kein Zweifel, im Hause Prezios war das Jahr des Leoparden angebrochen.

Auf ihrer Pirsch nach einem neuen Festtagsgewand sprang Ida Prezios geschmeidig zwischen Seite 44 und 59 hin und her und fauchte vor Kauflust. Sollte sie nun die Bluse mit aufwändiger Lochstickerei an Kragen, Manschetten und Brusttasche, pflegeleichte Qualität, in Rosé, zu Fr. 54.95 nehmen oder aber eine kühn geschnittene Blusenjacke, die Extravaganz signalisierte: in zauberhaftem Exotikmuster goldfarben bedruckt, Reverskragen, Paspeltaschen, Innenfutter, zu Fr. 143.80. Als ihr bei einem Blick auf ihre Hausschuhe die Leopardenuhr wieder einfiel, begann ihr Herz für die rassige Blusenjacke zu schlagen, ja, Sprünge zu machen, und als im selben Moment die Tür aufging und Eva Fendt hereinkam, war die Entscheidung gefallen. Und augenblicklich sah sich Ida Prezios mit Blusenjacke und Leopardenuhr bei der Hochzeit von Eva und Urs Andermatt Punschtorte mit rosaroten Marzipanrosen essen.

«Heilige Jungfrau Maria!», rief sie und schlug die Hände vor der Brust zusammen, als Eva näherkam. «Kindchen, wie sehen Sie denn aus, jetzt aber raus aus den nassen Sachen und in die Badewanne, und ich koche Ihnen eine heisse Suppe.»

Eva war zu schwach, um zu protestieren, sie zitterte am ganzen Körper, die Zähne schlugen aufeinander. «Ist Thomas hier?», brachte sie mühsam heraus.

«Thomas?», Ida Prezios wusste genau, wen Eva meinte.

«Mein Bekannter, Sie wissen schon, war er nochmal hier?»

«Nein, aber Herr Andermatt hat angerufen und seine Nummer hinterlassen. Sie mögen sich doch gleich melden.»

«Später.»

Als Eva im eukalyptusduftenden Badewasser lag, kehrten langsam ihre Lebensgeister zurück, sie tauten förmlich wieder auf. Und mit ihnen ihr ganzes Elend. Sie hatte Thomas verloren. Auf die unwürdigste Art waren sie auseinandergegangen. Und sie war in die Falle ihrer alten Geschichte getappt, die sie vergraben, vergessen und gar nicht mehr existent glaubte. Jetzt wusste sie wieder, wie verloren sie war, wie allein auf der Welt. Aber irgendwie schnippte sie dieses Wissen von sich weg, liess es abperlen wie Wassertropfen auf der Haut, pfiff drauf. Das Sterntalermädchen lag in der Badewanne einer schrulligen Pension in einem verschneiten Tal im hintersten Winkel der Welt, fing schillernde Schaumblasen auf und freute sich daran, wie sie platzten. Dachte an Urs, den Zauberer, und an Geheimnisse, die immer Geheimnisse bleiben würden.

Ida Prezios schnurrte beinahe vor Zufriedenheit. Eva sass auf der Ofenbank, genoss die Wärme in ihrem Rücken und löffelte heisse Gerstensuppe. Sie hatte nie etwas Besseres gegessen. So muss es schmecken, wenn man tagelang, wochenlang gehungert hat. Bei Eva waren es Jahre. Sie frass regelrecht in sich hinein, dass jemand eine Suppe für sie gekocht hatte. Dass jemand sich um ihre Gesundheit sorgte. Dass jemand ihr sagte, was sie tun sollte. Dass jemand mit ihr am Tisch sass, gedankenverloren in einem Katalog blätterte und ab und zu einen lobenden Blick auf den leerer werdenden Teller und die röter werdenden Wangen warf. Dass jemand lächelte und sagte: «So ist's recht, Kindchen, ich hab noch etwas auf dem Herd.» Dass jemand einfach da war und nichts dafür wollte ausser einen Rat, welche von zwei gleichermassen unsäglichen Blusen passender wäre für eine bevorstehende Hochzeit.

«Wer ist eigentlich diese grauhaarige Frau im braunen Mantel, die immer in der Kirche betet?», fragte Eva.

«Warum wollen Sie das denn wissen?»

«Ich muss mich bei ihr entschuldigen.»

«Aha?»

«Ich war heute Morgen mit ihr im Museum, und dann bin ich weggegangen, um neue Filme zu holen, und den Rest wissen Sie ja. Ich hab sie einfach stehen lassen. Ich muss mich wirklich dringend entschuldigen, weiss aber weder ihren Namen, noch wo sie wohnt.»

«Wie sie heisst, weiss ich auch nicht. Ich glaube, sie wohnt in einer Ferienwohnung am Plaz d'Immez. Aber heute gehen Sie mir nicht mehr hinaus, ich packe Sie jetzt mit einer Wärmflasche ins Bett, und dann schlafen Sie sich erst einmal aus.»

Eva war zu eingelullt von der mütterlichen Bestimmtheit ihrer Wirtin, um etwas anderes zu tun oder auch nur in Betracht zu ziehen. Jedenfalls vorerst. Gegen Abend könnte sie ja immer noch …

«Wollen Sie nicht noch rasch Herrn Andermatt anrufen. Er wird sich Sorgen machen.»

«Ach ja, Urs. Nein, ich kann jetzt nicht, bitte, würden Sie nicht für mich …? Sagen Sie, dass ich mich melde, sobald ich mich besser fühle, und dass das bei der wunderbaren Fürsorge, die ich hier bekomme, sicher sehr bald sein wird.»

Geschmeichelt sagte Ida Prezios: «Also gut, Kindchen, dann mache ich das für Sie.» Der Gedanke gefiel ihr gar nicht so schlecht, ja eigentlich ausnehmend gut, zumal sie die passenden Worte schon finden würde. Und danach würde sie gleich die Bestellkarte für die Blusenjacke ausfüllen.

Was für ein extravaganter Sonntag.

Anna und das goldene Schatzkästlein

Anna warf dem Kommissar einen giftigen Blick hinterher, weil er sie beinahe umgerannt und es nicht einmal für nötig gehalten hatte, sich zu entschuldigen.

Sie trug einen karierten, etwas zu weiten Wintermantel mit kleinem Pelzkragen (ein Geschenk von einer gütigen Frau aus der Gemeinde namens Ida Prezios) über einer Sonntagskittelschürze über einem guten Kleid. Anna war auf dem Weg zur Kirche, wo sie heimlich ihren Schatz holen wollte, den zweiten Schatz, den sie gestern Morgen in der Kirche gefunden hatte, viel kostbarer als die Schnipsel aus dem Klosterhof, so kostbar und gross, dass er in keine ihrer Schürzentaschen passen wollte. Aus Angst, die Schwestern oder der Pfarrer könnten ihr das Schatzkästlein wegnehmen, hatte sie es der Hl. Jungfrau und Gottesmutter anvertraut.

Gott sei Dank, es war niemand in der Kirche. Anna schlug ein fahriges Kreuz und eilte geradewegs in die Gnadenkapelle. Sie kniete vor dem Altar nieder, faltete die Hände, betete hastig zu Mariavolldergnaden und schritt erwartungsfroh zum Altar. Ihr

Gesicht zuckte vor Aufregung, als sie das goldene Kästlein endlich in ihren schwieligen Händen hielt. Wie das Cellophan knisterte! Es klang wie die auflodernden Flammen eines verbotenen Feuers, knackte, knisterte und hallte von den Wänden der Gnadenkapelle wider. Anna betrachtete das Kästlein unschlüssig und schüchtern und begierig und bereit, in Versuchung geführt zu werden und sich zu beflecken, und das Knistern des Cellophans wurde lauter, die Flammen züngelten und zischten und drängten. Anna schickte einen flehenden Blick zu Maria, die gnädig auf ihre Magd herablächelte. Und die kluge Jungfrau und Mutter der Barmherzigkeit wies Anna den Weg, und ihre Finger fanden das lose Ende eines goldenen Fadens in einem Winkel des Schatzkästleins. Zitternd und mit einer süssen Schwere auf der Brust begann sie an dem Faden zu ziehen, langsam, vorsichtig. Im Cellophan spiegelte sich ihr zuckendes Gesicht.

Plötzlich war Lärm in der Kirche. Schritte, Stimmen, Licht. Anna schnappte nach Luft, flüchtete auf die Kniebank, verbarg das Kästchen unter ihrem Mantel und legte das zuckende Gesicht in die zitternden Hände. Ein Ehepaar in knallbunten Skijacken eilte durch die Kirche, als absolvierten sie einen Riesentorlauf und jede Zehntelsekunde zählte. Sie standen auf der Altartreppe wie auf einem Siegerpodest und schauten in die romanische Arena. Zuletzt warfen sie einen Blick in die Seitenkapelle und schreckten beim Anblick der merkwürdig krummen, bebend ins Gebet vertieften Gestalt zurück, als hätten sie in einen Abgrund geschaut. Armer Teufel, dachten sie und nahmen den schnellsten Weg ins Freie.

Erst als sie die Tür ins Schloss fallen hörte, wurde Anna ruhiger, setzte sich auf die Bank, holte das Kästchen unter ihrem Mantel hervor, murmelte ein halbes Dankgebet und nahm den goldenen Faden wieder auf. Presste ihn zwischen Daumen und Zeigefinger und zog ihn zitternd auf, Zentimeter um Zentimeter, rundherum, bis die Hülle zerriss und ein schmaler Teil sich abstreifen liess, mit einem Rascheln, sanft wie ein Flüstern. Dann lag eine Flanke des Kästchens unverhüllt vor ihr. Anna bekreuzigte sich. Sah hinauf zur Mutter des Guten Rates. Die lächelte rotwangig herab. Anna lächelte zurück, doch im selben Augenblick erstarrte ihr Lächeln zu einer Fratze. Denn im selben Augenblick wurde es abermals laut in der Kirche. Stimmen und Schritte, Stimmen und Schritte, immer lauter, immer mehr. Eine ganze Busladung. Anna wusste nicht ein noch aus. «Oh Maria hilf!», flehte sie. Ihr krummer Körper wurde regelrecht durchgeschüttelt, ihre Hände zitterten so stark, dass sie das Kästchen fallen liess. Ihr Mund riss in stummen Schreien auf, sie wand sich und wurde immer krummer. Mit letzter Kraft gelang es ihr, das Kästchen aufzuheben und der gütigen Mutter hinzustrecken, die es gnädig unter ihren Himmelsmantel nahm und vor den Blicken der Welt verbarg.

Wenig später (Anna war durch den Seitengang aus der Kirche geflüchtet) stürmte eine schnatternde italienische Reisegesellschaft die Gnadenkapelle und verliess sie nicht wieder, bevor nicht alle eine Kerze, manche zwei oder drei, angezündet sowie langatmige Bitt- und Dankkärtchen an die Madonna geschrieben und an die Votivwand gehängt hatten.

In der Gnadenkapelle war es richtig warm geworden. Und Maria lächelte.

Was Eva über die geheimnisvolle Frau erfährt

Das Klingeln drang in ihren Traum, hakte sich ein, wurde ein Teil davon, es schellte im Traum, es war ihre Mutter, Eva kam zu spät. Ganz verhalten zuerst, wie in Zeitlupe, in einer Langsamkeit, die beinahe schmerzte, dann schneller, wie in einem stärker werdenden Sog, tauchte Eva aus dem Schlaf auf, schaute sich dabei zu.

Das fahle Licht der beginnenden Dämmerung stand im Raum. Diffuses Leuchten draussen. Der Himmel war durchlässig geworden, aus blassblauen Fenstern fielen Sonnenstrahlen wie Suchscheinwerfer ins Tal. Die Schneefälle hatten die Welt noch einmal verwandelt. Der Talboden eine frisch aufgeschüttete Daunendecke, die Bäume dick beladen, die Äste wie nackte Kinderärmchen. Die Dächer der Häuser so leicht, als wollten sie davonfliegen. Das Kloster das schönste Haus von allen.

Es war Thomas, der angerufen hatte. Eva drückte auf die kleine grüne Taste.

«Hallo, ja ich bin's. Ich bin froh, dass du heil nach Hause gekommen bist. Ich hab mir Sorgen gemacht.»

Keine Antwort.

«Thomas?»

Keine Antwort.

«Thomas, bist du noch da? Warum sagst du denn nichts?»

Sehr laut: «Ja hast du eigentlich gar nichts kapiert? Deine Sorgen kannst du dir sparen, es ist aus, vorbei, verstehst du, wir haben uns getrennt!»

«Aber wir können doch befreundet bleiben!»

«Nein, das können wir nicht, jedenfalls vorerst nicht, und das weisst du ganz genau.»

«Aber …»

«Nach allem, was heute Morgen war, schlägst du mir allen Ernstes eine Freundschaft vor, das ist ja wohl der Hohn! Aber sensibel warst du noch nie. Ich glaub, ich weiss jetzt endlich, wie du tickst!»

Eva sagte nichts. Sie hatte schlagartig verstanden. Alles war anders. Alles, was Thomas und sie betraf, hatte jetzt ein anderes

Vorzeichen. Minus statt Plus. Sie befanden sich in einem anderen Zustand, übergangslos. Es herrschte Feindschaft.

Thomas schrie: «He, Eva, ich hab so eine Scheisswut. Du hast alles kaputt gemacht. Alles! Diese ganze unsinnige Fahrt über habe ich mir nur eines gewünscht – ich hätte dich nie getroffen!»

Eva schwieg, lief innerlich davon, flüchtete in ihren Murmeltierbau, wollte sich totstellen.

Thomas wechselte verzweifelt die Tonart: «Unsere Künstlerin kann das ja nicht, mit einem anderen Menschen zusammenleben, braucht ihre Freiheit. Stell dein Objektiv mal auf Unendlich, Eva Fendt, und nicht nur auf die nächsten drei Tage! Werd endlich erwachsen!»

Klirrendes Schweigen, Minusgrade.

«Warum hast du überhaupt angerufen?», fragte Eva tonlos.

«Weil ich will, dass du deine Sachen bei mir abholst. Alles, verstehst du. Ich will nichts mehr von dir unter meinem Dach haben. Keine Kleider, keine Schuhe, kein Buch, keine Zahnbürste, nichts. Ich muss dich komplett aus meinem Leben löschen, verstehst du?»

Eva schwieg.

«Ja, das war's dann wohl.»

Eva schwieg.

Thomas schwieg. Aber was in ihm vorging, dröhnte lauter als alles, was er gesagt hatte.

Später ein Knacken in der Leitung.

Ida Prezios, die in die Abendmesse gegangen war, hatte Eva eine Nachricht hinterlassen. Sie stand auf der Rückseite eines Briefumschlags von einem Versandhaus. Nichts von Urs, auch nicht seine Telefonnummer, sondern die Bitte, falls sie heute noch an der Post vorbeikäme, die beiliegende Karte einzuwerfen. ‹Sie wissen schon, die schöne Bluse!›, stand als P. S. darunter.

Die Fenster des Gasthauses waren hell erleuchtet. Die Hand am schaukelnden Lederseil, ging Eva die steile Holztreppe hinauf und, begleitet vom vertrauten Gläserklingeln, durch den Vorraum zur Gaststube. Aus dem hinteren Teil des Hauses drang eine wütende Stimme, die sich überschlug, und ein krachendes Türschlagen. Der unsympathische Kommissar, dachte Eva schaudernd und beschleunigte ihren Schritt.

Am Ofentisch sass ein Paar beim Essen, an ihren Stühlen hingen knallbunte Skijacken. Der Wirt sass an seinem Stammplatz vor einem Spiralblock und schrieb Zahlen untereinander. «Buna saira», sagte er mit seinem traurigen Lächeln, «ich freue mich immer, wenn ich Sie sehe.» Mit einer einladenden Geste wies er auf den Stuhl neben sich.

«Ich suche Herrn Andermatt. Wissen Sie, ob er da ist?»

«Er ist nicht hier. Er musste kurzfristig nach Hause fahren zu seiner Familie. Morgen Mittag wollte er wieder zurück sein.»

‹Familie›? Eva war regelrecht überrumpelt. Allein das Wort passte nicht in ihr Bild von Urs. Die Vorstellung von Frau und Kindern irritierte sie zutiefst. Und ihre Irritation wurde augenblicklich verschärft durch das Eingeständnis, dass es so war. Was um alles in der Welt irritiert mich so?, dachte sie. Das kann mir doch egal sein. War es aber nicht. Denn wie ein Foto, das sich erst entwickelt, wenn ein bestimmter chemischer Prozess in Gang kommt, hatte die Enttäuschung etwas sichtbar gemacht, das vorher im Dunkeln lag. In Evas Seele war ein Film belichtet worden. Sie stemmte sich gegen das Wort Eifersucht, gegen das Gefühl, getäuscht worden zu sein, etwas nicht zu bekommen. Es war eine Niederlage.

«Möchten Sie gerne zu Abend essen?», fragte der Wirt, «wir haben heute …»

Eva hörte nichts von dem, was der Wirt sagte.

«Vielleicht später», sagte sie mechanisch.

Das höhnische Gläsergeklingel, die halsbrecherische Treppe, das nutzlose Lederseil. Vorsicht vor dem Fall nach dem Hochmut, Eva Fendt!

Die Hauptstrasse lag still, fast feierlich, war weich ausgelegt mit Schnee. Ein weisser Teppich, von meterdicken Mauern gesäumt. Eva ging mitten auf der Strasse, wie benommen. Da und dort warmes Licht hinter Vorhängen. Die Milchkannen vor der Käserei hatten Schneemützen auf. In einem Schauraum für Arvenmöbel waren Wohnstuben eingerichtet. Stuhl, Schrank, Tisch und Bett. Eva dachte an Thomas und wischte einen Anflug von Sehnsucht weg, wie man Krümel vom Tisch wischt, und im gleichen Moment wollte sie an diesem Tisch sitzen, das Gesicht in den Händen verbergen und weinen. Über den Verlust von etwas, das sie nie hatte haben wollen.

Es schien ein Zufall und war natürlich keiner, dass ihr Blick auf das Schild ‹Plaz d'Immez› fiel. Eva wusste von Ida Prezios, dass sie hier irgendwo wohnte, die geheimnisvolle Frau. Und so las Eva verstohlen Klingelschilder, obwohl sie gar nicht wusste, nach welchem Namen sie eigentlich suchte, klickte an dunklen Türen das Feuerzeug an. Kam sich vor wie eine Einbrecherin. Entdeckte ein Holzschild, in das ‹Ferienwohnung› geschnitzt war. Ging auf Zehenspitzen eine dunkle Treppe an der Rückseite des Hauses hinauf. Kein Name an der Tür, aber neben der Tür ein Fenster, kein Vorhang. Ein hell erleuchteter Raum.

Die Frau sass am Tisch, versunken, beinahe bewegungslos, eine offene Schatulle vor sich, an die ein Foto mit weissem, gezacktem Rand gelehnt war. Sie nahm einen Briefumschlag aus der Schatulle, zog einen gefalteten Briefbogen heraus, schlug ihn auf, las lange, bewegungslos, faltete das Blatt wieder zusammen, steckte es zurück in den Umschlag und legte ihn neben die Schatulle. Eine Kerze brannte auf dem Tisch, ein rotes Windlicht, wie man es auf dem Friedhof für die Toten anzündet. Eva schauderte, schämte sich, kam sich vor wie die ungebetene Zeugin eines intimen Rituals und konnte doch nicht aufhören zu schauen. Eine besessene Reporterin, die Verbotenes ausspäht, eine Paparazza ohne Kamera. Was suche ich hier? Was will ich von ihr?, dachte Eva. Die Frau im Halbprofil, das Gesicht von einer Haarsträhne verdeckt. Nur für Sekunden, als sie das Haar in ihrer ganz eigenen Art hinters Ohr strich, war ihr Gesicht zu sehen. Und wieder war Eva hingerissen von seiner Doppeldeutigkeit, von seiner gebrochenen Schönheit. Als sich die Frau mit dem Handrücken über die Wange strich, kämpfte Eva mit den Tränen, drehte sich weg, lief die Treppe hinunter, drückte sich mit dem Rücken an die Wand, blieb reglos stehen, eine Minute, zwei Minuten. Was ist mit ihr?, dachte sie. Soviel Einsamkeit, soviel Trostlosigkeit hatte sie lange nicht gesehen. Doch da war noch etwas anderes, etwas, das glühte. Die Erinnerung an eine verzweifelte Suche war wieder da. Was ist schmerzlicher als das Wissenwollen?

Eva lief davon, eine Seitengasse hinauf, es wurde immer steiler, tückisches, unsichtbares Eis unter dem Schnee. Sie hielt sich an Mauern und Zäunen fest, um nicht auszurutschen, nahm zuletzt einen gefährlichen Abstieg, bis sie endlich wieder auf die Hauptstrasse gelangte. Der hell erleuchtete Platz vor der Post erschien ihr wie eine Rettungsinsel, wie ein Hort der Sicherheit und Berechenbarkeit, mit seinen Anschlägen von Öffnungszeiten, Abfahrtszeiten, Briefkastenleerungszeiten und amtlichen Mitteilungen. Eva setzte sich auf eine Bank und zündete sich eine Zigarette an, inhalierte tief und wurde allmählich ruhiger. Ruhig genug, dass ihr Ida Prezios' Bitte wieder einfiel. Sie ging zum Briefkasten, hob die Klappe, warf die Karte hinein, horchte auf das sanfte Fallen und das freundliche Zuklacken der Klappe, empfand es als Wohltat, etwas auf den Weg zu bringen und dafür zu sorgen, dass eine Bestellung möglichst schnell irgendwo ankam, damit eine Bluse möglichst schnell bei ihrer Wirtin einträfe. Für welche Hochzeit auch immer.

«Das ist aber schön, dass Sie noch kommen», sagte der Wirt. «Sie dürfen sich gerne zu mir setzen.» Eva nahm dankbar an. Die Gäste mit den bunten Skijacken assen Apfelkuchen zum Dessert.
«Darf ich Sie etwas fragen?»
«Bitte sehr,» sagte der Wirt.
«Die Frau mit dem braunen Mantel, die immer in die Kirche geht …»
«Ja?»
«Wer … ist sie?»
Der Wirt sah Eva erstaunt an und sagte: «Sie ist zurückgekommen.»
«Sie kennen sie also?»
Der Wirt sprach leise, beinahe verschwörerisch: «Es ist lange her», sagte er und schaute an Eva vorbei ins Leere. «Damals führten meine Eltern das Gasthaus noch, als sie und ihr Verlobter bei uns wohnten. Nur zwei, drei Tage.» Der Wirt lächelte sein melancholisches Lächeln. «Sie war eine schöne, schüchterne junge Frau, die von innen heraus glühte. Die beiden interessierten sich für die Fresken in der Kirche. Sie war Schauspielerin an einer jungen Bühne in Südtirol.» Der Wirt hielt inne, sah Eva an. «Ich habe sie danach nie mehr gesehen oder etwas von ihr gehört. Fast vierzig Jahre lang. Bis sie vorgestern hier am Haus vorbeiging.» Er zeigte zum Fenster, seine Hand wanderte von links nach rechts, als folge er ihr in Richtung Kirche. «Wenn ich zurückdenke, welche Ausstrahlung sie damals hatte und wie sie jetzt …, sie ist wohl nicht glücklich geworden in ihrem Leben.»
«Wissen Sie vielleicht noch ihren Namen?»

Der Wirt nickte. «Philomena. Philomena Durnwald. So hiess sie jedenfalls damals. Vielleicht haben sie ja geheiratet. Den Namen ihres Verlobten weiss ich nicht mehr. Sie waren ein ganz besonderes Paar.»

«Wir möchten gerne zahlen!», rief das Skifahrerehepaar herüber, klimperte mit dem Autoschlüssel, raschelte mit den Kunststoffjacken.

«Ich komme sofort», sagte der Wirt und stand auf.

Während Eva allein am Tisch sass, versuchte sie ihre Gedanken zu ordnen und diesen überbordenden Tag zu bannen. Zwei Bilder drängten sich ganz nach vorn: Die einsame alte Frau, die am Tisch sitzt und bei einem Totenlicht Briefe liest. Alte Liebesbriefe vielleicht. Und heute Morgen im Museum ihr Lächeln, ihre Wärme, ihre Vertrautheit, als teilten sie ein Geheimnis.

Zwei Schichten übereinander, dachte Eva, wie bei der Gauklerin in der Kirche. Wie die untere Schicht aussah, wird man wohl nie erfahren, hatte Urs gesagt. Urs!, dachte Eva mit einer Mischung aus Traurigkeit und Wut, stand auf und verliess leise das Gasthaus.

VIERTER TAG

Koller hat eine Idee

Jetzt nur nicht den Schneid verlieren, dachte Koller, als er sich am Montagmorgen um halb neun in den Sessel fallen liess, den Raffina in seinem Büro für ihn geräumt hatte. Zum Glück war er noch nicht da. Traute sich wohl nicht, nachdem er seinem Chef den Sonntagabend gründlich verdorben hatte. War mitten in die Sportschau geplatzt, nur um ihn wissen zu lassen, dass ihr Hauptverdächtiger in Innsbruck und aus dem Schneider (wörtlich!) war. ‹Was heisst hier aus dem Schneider?›, hatte Koller gefragt und sich über Raffinas Wortwitzeleien geärgert, mit denen er ihn schon den ganzen Tag verspottet hatte. Koller reckte trotzig das Kinn. Er hatte sich geschworen, Raffina zu zeigen, wer der Meister war. Schliesslich leitete *er* die Ermittlungen, und Raffina war nur sein Assistent. Was will schliesslich ein kleiner Dorfpolizist gegen einen alten Hasen ausrichten. Hatte Steiner doch selbst gesagt: ‹Alter Hase, Spürnase›. Gestern Abend hatte Koller schon mal Autorität gezeigt, als er Raffina laut und deutlich die Tür gewiesen hatte. Klarer Feldvorteil für ihn. Dass sein Hauptverdächtiger ein Totalausfall war, eine Null, ein Versager, diese Katastrophe war ihm erst nach der Sportschau richtig bewusst geworden. Verdammt nochmal, wie stand er denn jetzt da! Vor Steiner, vor Raffina, vor der Öffentlichkeit. Woher so schnell einen neuen Verdächtigen nehmen? Es hätte so gut für ihn ausgehen können. KOLLER BRINGT KIRCHENMÖRDER IM ALLEINGANG ZUR STRECKE.

Aus der Schlagzeile sollte nichts werden. Schneidhofer hatte mit dem Fall definitiv nichts zu tun. Es war beinahe lächerlich. Er hatte die Teambesprechung am Freitagnachmittag schlicht und einfach vergessen. Ein Anruf seiner Innsbrucker Kommilitonen, ob er übers Wochenende mitkommen wolle an den Gardasee, und er hatte alles stehen und liegen lassen. Hatte die Besprechung vergessen, hatte vergessen, die Tür zum Kreuzgang abzuschliessen, hatte vergessen, sich abzumelden. Ein fahriger junger Student mit Flausen im Kopf. Nichts weiter. An seinem Alibi gab es nichts zu rütteln. Für die fragliche Zeit konnte er mit einer starken Viererkette von Zeugen aufwarten: ein Busfahrer, eine Mitreisende und seine Kollegen, die gleichen harmlosen jungen Leute mit Flausen im Kopf. Schneidhofer würde hoffentlich von seinen Archäologen was zu hören bekommen, dachte Koller. Aber das verschaffte ihm keine Genugtuung, nicht die geringste. Ausserdem hatte er schon die zweite Nacht kaum geschlafen. Hatte sich in seinem viel zu kurzen Bett gewälzt, war aufgestachelt von schlimmen Träumen im Zimmer herumgegangen, hatte sich bei jedem Schritt über die knarrenden Bodenbretter geärgert und sich gleichzeitig zutiefst verstanden gefühlt. Dem Impuls, alles kurz und klein zu schlagen, hatte er irgendwie widerstanden.

Jetzt bloss nicht aufgeben. Jetzt noch mal alles nach vorne werfen, feuerte sich Koller an. Wie er das machen sollte, wusste er allerdings nicht so genau. Er dachte an Steiner, und augenblicklich fiel ihn Panik an. Er brauchte eine Verschnaufpause, einen Befreiungsschlag. Und so griff er nach den Zeitungen, die auf dem Schreibtisch lagen. Offenbar war Raffina doch schon da gewesen.

Er fand läppische Kurzmeldungen in den Sonntagsblättern, kaum grössere Artikel in den Montagsausgaben. ‹Rätselhafter Tod in weltberühmter Kirche. Grausamer Fund auf dem Kirchenestrich. War es Mord?› Dazu, wenn überhaupt, ein Foto von der Kirche, mit einem Pfeil, der auf das Dach zeigte, und nirgendwo sein Name, geschweige denn ein Bild von ihm. Koller las: ‹Müstair GR. Ein 62-jähriger italienischer Staatsbürger aus Südtirol ist am Samstagmorgen im Estrich der berühmten Klosterkirche St. Johann tot aufgefunden worden. Nach Angaben der Kriminalpolizei kam Lorenz E. vermutlich am Freitagabend auf bisher ungeklärte Weise zu Tode. Die Ermittlungen laufen auf Hochtouren.› Ein bisschen mehr Beachtung von Seiten der Presse hätte Koller schon angemessen gefunden. Er hasste die Zeitungsfritzen.

Das Läuten des Telefons liess ihn zusammenzucken. Doch zum Glück war es nicht Steiner. Es war ein besorgter Lokalpolitiker, irgendein Offizieller aus der Region. «Ja», prahlte Koller, «es ist uns, denke ich, gelungen, einen allzu grossen Pressewirbel zu vermeiden. Die Ermittlungen machen auch ohne viel Aufhebens Fortschritte. Wir arbeiten äusserst diskret und praktisch rund um die Uhr. Allerdings musste ein Verdächtiger nach intensiver Befragung freigelassen werden. Entscheidende Impulse für die Aufklärung erwarten wir vom Obduktionsergebnis, es wird im Laufe des Vormittags eintreffen.»

«Es kann doch auch ein Unfall gewesen sein, Herr Kommissar», sagte der Offizielle, «oder Selbstmord.»

«Wir ziehen selbstverständlich alle Möglichkeiten in Betracht und verfolgen jeden noch so unscheinbaren Hinweis», sagte Koller grossspurig und wippte auf seinem Chefsessel.

Er wandte sich wieder den Zeitungen zu. Lediglich das Lokalblatt brachte einen längeren Bericht, in dieser unverständlichen Sprache, die Koller hasste. Auf der Suche nach seinem Namen überflog er den Artikel und wurde mit jedem Absatz ungehaltener. Er las dreimal den Namen ‹Steiner›, viermal ‹Raffina› und einmal ‹Koller›. Die Bilder gaben ihm den Rest. Die Kirche von aussen, der Kirchenestrich samt glotzenden Freskengesichtern und Raffina, der den Sarg zum Leichenwagen begleitet. Vom leitenden Kommissar nichts. Koller schlug die Zeitung zu und sprang auf. Rot im Gesicht rannte er zum Fenster und zurück, zum Fenster und zurück. Blieb stehen, weil er nebenan etwas hörte, dann ein forsches Klopfen an seiner Tür.

«Herein!», rief Koller und duckte sich, mit dem Rücken zur Tür, in seinen Sessel.

«Guten Morgen, Herr Kommissar», sagte Raffina fröhlich, «haben Sie gut geschlafen? Hier bringe ich noch die Südtiroler Zeitung. Da gibt es eine Kurzmeldung zu Eppachers Tod.» Er legte die Seite vor Koller auf den Tisch und redete weiter: «Als Schauspieler hatte er einen gewissen Erfolg in jungen Jahren, konnte aber nie mehr daran anknüpfen. Zuletzt war er vor allem bei Laientheatern als Regisseur tätig. Es gibt zwei Todesanzeigen von solchen Gruppen. Im hinteren Teil. Und natürlich eine von seiner Witwe.»

«Ah ja», sagte Koller schwach.

Raffina blätterte durch die Zeitung und las laut, was Monica Thanai geschrieben hatte: «Sein Leben gehörte dem Theater. Sein Tod ist eine Tragödie.»

Obwohl Koller es gar nicht hören wollte, übersetzte Raffina den Artikel in der Lokalzeitung. Koller spürte, wie der Neid an ihm frass, wie etwas zu reissen begann. Da gab es Sätze wie ‹… der mit den örtlichen Gegebenheiten bestens vertraute Jon Battista Raffina von der tüchtigen Kantonspolizei in Sta. Maria.› Koller harrte bebend auf seinem falschen Sessel aus. Er war härter als die Ersatzbank damals.

Als Raffina gegangen war, machte sich Koller mit einem Anruf bei der Gerichtsmedizin Luft. Es war ein Anruf, der bei Dr. Dr. Schmidt-Messerli und Dr. Schnyder einen nachhaltigen Eindruck hinterlassen sollte. Koller schrie seinen Zorn in den Telefonhörer, liess Schmidt-Messerli erst gar nicht zu Wort kommen, setzte ein spitzes Ultimatum, wiederholte es im Kasernenton: «Wenn ich das Obduktionsergebnis nicht um Punkt elf Uhr auf dem Tisch habe, geht hier eine Dienstaufsichtsbeschwerde raus, die sich gewaschen hat. Ende der Durchsage!»

Nach dem Anruf fühlte sich Koller besser. Er schnaubte zwei Mal laut, schnaufte noch einmal durch und lehnte sich zurück. Angewidert schob er die zuoberst liegende Lokalzeitung zur Seite, über den Schreibtischrand hinaus und genoss das Rascheln, als sie zu Boden ging. Dann nahm er sich die übrigen Zeitungen vor und schlug die Sportseiten auf. Er brauchte Ablenkung. Tauschte *einen* Zorn gegen den anderen. Aber der war ihm lieber, er war sportlicher.

Überall dasselbe Trauerspiel: Unverschämte Kommentare, Verrisse, Hohn und Spott für den FC: ‹Entfesselter Aussenseiter bringt Favoriten zu Fall›, ‹Champion stolpert über eigene Arroganz›.

Koller hörte ein Klicken hinter sich und dann ein Surren, das Fax! Er sprang auf. Von wegen der Obduktionsbericht! ‹Commissario Raffina› stand in der Adresszeile, und dick unterstrichen: ‹Presto!›

«Raffinetti!», schrie Koller wütend, «Fax für Sie! Aber presto!» und setzte sich wutschnaubend wieder an seine Lektüre. PFIFFIGER DORFPOLIZIST STIEHLT STARKOMMISSAR DIE SCHAU.

Raffina ging betont leise zum Faxgerät, nahm das Blatt heraus und entfernte sich wieder. Koller kämpfte sich weiter durch die Fussballberichte: ‹In der Schlussphase spielte nur noch eine Mannschaft, taktisch klug und effizient›, ‹10 Minuten stellen die Fussballwelt auf den Kopf›. Koller kochte.

Es klopfte an der Tür. «Keine Störung jetzt, verdammt noch mal!» Ein Satz, scharf wie das Zischen eines Überdruckventils.

«Entschuldigung, Herr Kommissar, aber es ist wichtig.» Raffina schaute herein und hielt das Fax mit dem dicken ‹Presto!› hoch.

«Jetzt nicht!», brüllte Koller. Er hatte sich dermassen in Rage gelesen, er hätte dringend Erleichterung gebraucht, einen gnadenlosen Schuss aus der Luft, eine Granate, dass das Netz zerriss.

Diese verfluchten letzten zehn Minuten!, dachte er. Wie kann man sich nur so völlig aufgeben und von einem Zwerg in die Knie zwingen lassen! Gegen einen Loser verlieren, wie kann man nur! Und plötzlich, wie ein aus dem Nichts zugespielter Ball, wie ein Blitz von einem Pass, schlug der Gedanke bei ihm ein: Natürlich! Warum war ihm das nicht schon längst eingefallen? Eppacher, dieser ganze undurchsichtige Fall – das waren die letzten Minuten einer alten Geschichte. Offene Rechnung, späte Rache, raffiniert vorbereitet und eiskalt vollstreckt. Koller sprang aus seinem Sessel auf und stürmte aufgeregt zum Fenster und zurück, zum Fenster und zurück. Plötzlich passte alles zusammen, plötzlich ergaben die Bruchstücke einen Sinn: der Brief, der Eppacher nach Münster lockte, die Verabredung in der Kirche, die Schachtel Pralinen, die fehlte, die alte Salome-Kassette, die zerrissene Salome-Karte, überhaupt diese perverse Salome-Geschichte, wo es um Besessenheit und Rache und Tod geht. KOLLER BRILLIERT MIT TRAUMKOMBINATION.

«Raffina!», schrie er in einer Lautstärke, die alles bisher Gebotene übertraf. Raffina erschien in der Tür, die Augen weit aufgerissen, Tränensäcke grösser als Vogelnester. «Der Obduktionsbericht?», fragte er.

«Nein, viel aufregender, sensationell, genial. Ich habe das Spiel durchschaut, Raffina, der Fall ist klar. Das ist der Durchbruch! Jetzt passen Sie mal auf: Wir haben es mit der Schlussphase einer alten Geschichte zu tun, wir müssen nur den Anfang finden. Wir müssen wissen, wann dieses Spiel angepfiffen wurde, und wer mit auf dem Platz war. Es muss da irgend etwas geben in Eppachers Vergangenheit, es muss da jemanden geben, der mit Eppacher eine offene Rechnung hat – oder vielmehr hatte.» Er schaute Raffina herablassend an und sagte spitz: «Wollten Sie nicht die Akte Eppacher herschaffen?!»

Raffina nickte.

«Ja und?»

«Das wollte ich ja gerade melden.» Raffina wedelte mit dem Blatt Papier von vorhin. Es war das Fax mit dem dicken ‹Presto!›

«Hä?»

«Die Akte Eppacher ist unterwegs. Sollte heute noch eintreffen.»

«Aha», murmelte Koller und sackte in seinen Sessel.

«Es gibt da offenbar einen dunklen Fleck im Leben von Lorenz Eppacher», sagte Raffina. AUSSENSEITER LÄSST ROUTINIER AUSSTEIGEN.

Auf der Suche nach Philomenas verlorener Zeit

Die Fragen lagen wie Schichten übereinander, die Wand kam auf Eva zu. Mochten die Malereien in der Kirche von Müstair ihr letztes Geheimnis nie preisgeben, Evas Neugier hatte ein anderes Mass erreicht. Eine drängende Sehnsucht war wieder aufgebrochen, eine alte Ungewissheit lag bloss.

Es war Montagmorgen, und die Welt würde Eva Fendt nicht in Ruhe lassen, sie wusste das. Noch vor halb neun Uhr, sie sass gerade im Wagen, steckte den Zündschlüssel ins Schloss, rief Rick an, wie üblich mit sehr lauter Musikbegleitung.

«Nein, Rick», sagte Eva, «wir sehen uns nicht gleich im Studio, ich hab noch in Müstair zu tun, ich bin morgen zurück.»

«Aber Boss! Das wird ja immer aufregender, was….»

«Lass uns die heutigen Termine durchgehen und die dringendsten Jobs, ja?»

«Okay, Boss.»

Als sie durch waren, wurde die Musik am anderen Ende der Leitung leiser. Ricks Stimme klang besorgt: «Chefin, jetzt mal unter uns, bist du okay?»

«Ja Rick. Ich hab nur ein ziemlich turbulentes Wochenende hinter mir.»

«Gab's etwa noch mehr Tote?»

«Nein, nein.»

«Und was ist nun wirklich los, Eva? Mir kannst du nichts vormachen, dich bedrückt doch irgendwas.»

Eva schwieg.

«Eva!», drängte Rick, «nun komm schon!»

Sie sagte ihm das, was er am schnellsten verstehen würde: «Thomas und ich …, wir haben uns getrennt.»

Wie erwartet, zündete die Bombe sofort. «Mensch, Eva, das ist ja schrecklich, du Arme! Ich weiss, wie weh das tut, ich kann mir echt vorstellen, wie du dich fühlst, ging mir neulich auch so …» Er seufzte. «Ist grad gut, dass du noch in deinem Bergdorf bist. Gönn dir noch ein wenig Ruhe, ich schaukle den Laden hier schon. Und wenn du dich ausweinen willst oder meinen Rat brauchst, call me babe, anytime, ja?» Die Musik wurde wieder lauter. «Also dann, bis morgen! Pass auf dich auf, Chefin, du wirst hier noch gebraucht!»

Ein kleines warmes Gefühl, süss wie ein Stück Schokolade.

‹DAS jetzt auch in Italien› stand auf einer riesigen, verblassten Reklametafel gleich nach der Grenze. Auf der Dorfstrasse lebhaftes Treiben, aber anders als am Freitagnachmittag schienen es die Leute eiliger zu haben, die Blicke waren wacher, die Schürzen frisch. Anfang der Woche.

Während die schneeleere Talebene vorbeiglitt wie ein alter, verblasster Film, schmutziges Braun mit Farbflecken wie Bildstörungen (schreiendes Gelb, kitschiges Rosa), war Eva ständig am Telefon. Sie sagte Termine ab, sagte: «Leider, ein dringendes Projekt, kurzfristig, unaufschiebbar.» Sprach mit Werbeagenturen und Unternehmen über Produkte, Inszenierung und die poetische

Wahrheit der Dinge, sagte: «Ich melde mich in den nächsten Tagen.»

Sie fuhr dieselbe Strecke, die sie vor drei Tagen gefahren war, in umgekehrter Richtung. Mit jedem Kilometer drang der Frühling tiefer ins Land, drängte mehr Farbe ins Bild. Grelle Tupfer am Strassenrand, Farbkleckse in den Gärten, die Schaufenster mit Farbe zugekleistert, Leute in bunten Kleidern. Der aufgedrehte Frühling. Das laute Märzgeschrei. ‹Farbenfroh›, dachte Eva, was für ein verlogenes Wort. Sie sehnte sich nach der weissen Stille des Schnees. Doch sie war unterwegs, um Antworten zu finden: Wer ist Philomena Durnwald? Was geht sie mich an?

Was wusste sie denn von ihr? Dass sie vor fast vierzig Jahren in Müstair zusammen mit ihrem Verlobten im Gasthaus wohnte. Dass es eine sehr glückliche Zeit war. Dass sie damals Schauspielerin war an einer jungen Bühne in Südtirol. Und dass in der Zeit danach etwas geschehen sein musste, das eine gebrochene Frau aus ihr gemacht hatte. Wie nah war sie ihr im Museum gewesen, mit ihrer Kamera. Und sie hatte sich nicht verbeten, dass Eva sie fotografierte. Da war ein Einverstandensein, eine Vertrautheit, als wären sie nicht Fremde. Warum frage ich sie nicht einfach, dachte Eva und merkte, wie sie zu zittern begann.

Über einer Mauer hingen Forsythienzweige wie abgelegte Peitschen, die Blüten wie gelbe Dornen. ‹Totalausverkauf / Svendita totale›, schrie ein grasgrünes Plakat an der Tür eines Sportgeschäfts. In einer Schule, die Fenster standen weit offen, wurde vielstimmig der Winter ausgetrieben. Bis eine schrille Pausenglocke dazwischenfuhr. Kaum hatte etwas begonnen, ging es auch schon zu Ende. Ein Wackelbild, die Welt. Die Zweischneidigkeit der Dinge.

Bald drei Stunden lang vergrub sich Eva in einem Archiv und recherchierte Südtiroler Theatergeschichte seit den sechziger Jahren. Durchsuchte Kulturzeitschriften, las Aufführungskritiken, blätterte in Programmheften, ging Besetzungslisten durch und wurde fürchterlich fündig. Fand nicht, was sie insgeheim gesucht hatte. Sie fand etwas anderes heraus. Etwas, das einen anderen Gedanken an Philomena wieder hochkommen liess, einen erschreckenden. Und sofort hörte sie wieder die gedämpften Schritte, mit denen Philomena Durnwald die Kirche verlassen hatte, kurz bevor ..., und jetzt zweifelte sie erst recht an Philomenas Behauptung, sie hätte den Mann in der Kirche nicht bemerkt. Eva fand ihre Ahnungen schwarz auf weiss. Schrieb nieder, was sie entdeckt hatte, um es loszuwerden, der Schrecken schlug sich tief in die Seiten ihres Notizbuchs. Ausrufezeichen wie Hilferufe.

‹Anlieger frei / escluso confinanti› stand auf einem Durchfahrtverbotsschild vor einer schmalen Gasse. Jedes Schild war zweisprachig, jede Strasse hatte zwei Namen, als müsste alles doppelt gesagt werden, damit die Botschaft ankommt. Die Sprache weiss nicht, wie sie's sagen soll.

Zum Äussersten angespannt, in einem quälenden Aufruhr machte sich Eva auf den Rückweg. In ihrer Seele stritten Entsetzen und Sehnsucht.

Zwei durchgestrichene Namen auf dem Schild am Ortsausgang. Tempo 70. Ein Kran, der sich wie ein riesiger Uhrzeiger drehte.

Eva hatte ein nie gesehenes Bild freilegen wollen und war an einem anderen hängen geblieben. Die karolingische Schicht und die romanische. Das ursprüngliche Bild und die Übermalung. Die drängte sich jetzt ins Auge, die blieb haften. ‹Automatische Radarkontrolle / controllo automatico della velocità›.

Eva schlitterte immer tiefer in diese Geschichte hinein. Ohne Not hatte sie für diese Frau gelogen. Und wusste jetzt, wie falsch das war. Und wie gefährlich.

Die durchgezogene Doppellinie in der Strassenmitte, und trotzdem überholten sie alle. Was hat Gültigkeit? Laaser Marmor. Bauarbeiten an der Abzweigung nach Prad.

Was Eva herausgefunden hatte: Philomena Durnwald hatte in ihrer frühen Theaterzeit die Salome gespielt. Die blutjunge Darstellerin wurde als Ausnahmetalent gefeiert, dem man eine grosse Karriere voraussagte. Dennoch war sie nur drei Mal aufgetreten. Von der vierten Aufführung an stand ein anderer Name in den Besetzungslisten. Gründe für diesen Wechsel fand sie nirgends. Den Jochanaan aber, dessen Haupt Salome verlangt, spielte Lorenz Eppacher.

Schneereste an den Berghängen wie Kinderklecksereien mit Pelikan-Deckweiss. Die Hochseilakte der Stromleitungen. Die Geometrie der Obstplantagen. Baumskelette, so weit das Auge reichte. ‹Äpfel aus dem Vinschgau. Der Urlaub geht weiter›.

Eva wusste jetzt, dass sich Philomena und Lorenz Eppacher seit langem kannten. Sie wusste jetzt, dass es eine alte Verbindung zur Salome-Geschichte gab. Sie wusste jetzt, dass Philomena am vergangenen Freitag nicht nur zufällig in der Kirche war, als Lorenz Eppacher diese verliess. Sie wusste jetzt, dass die Salome-Geschichte Vorlage war für ein anderes Stück. Ein Stück über Rache und Tod. Ein Stück, das ganz bewusst vor einer Salome-Kulisse inszeniert wurde. Sie wusste jetzt, dass Philomena etwas mit dem Tod von Lorenz Eppacher zu tun hatte. Wohin war sie gegangen, als sie die Kirche verlassen hatte? War sie Lorenz Eppacher gefolgt? War sie vielleicht sogar seine Mörderin? Jedenfalls wusste Eva, dass Philomena sie belogen hatte. Und sie wusste auch, dass sie das alles nicht wahrhaben wollte. Die nüchterne, die vernünftige Eva dachte, ich muss zur Polizei gehen, ich kann doch nicht jemanden schützen, der womöglich Schuld trägt am Tod eines Menschen.

Zwei plastikblumengeschmückte Holzkreuze am Strassenrand, ein Doppelgrab in einer Linkskurve.

Die andere Eva aber, das kleine Mädchen, das ganz allein auf der Welt war, erinnerte sich an das Lächeln dieser Frau im Museum, an ihre Wärme, und sie wünschte sich beides zurück. ‹Souvenirs offen / aperto›. Ein Rennradfahrer im hautengen Trikot legte sich in den Windschatten eines Lastwagens.

Eva dachte an die Bilder, die sie von Philomena gemacht hatte (der unentwickelte Film lag in ihrem Zimmer in der Pension), an die Unergründlichkeit ihres Gesichts. Doch was, wenn Philomena ein eiskaltes Spiel mit ihr spielte, sie nur benutzte?

Ein spitznäsiges Hündchen auf dem Anhänger eines grünen Traktors. Tempo 50.

Was waren das für Briefe, die Philomena abends gelesen hatte wie Liebesbriefe? Was war das für ein Foto, das sie verehrte wie ein Heiligenbild? Was war geschehen, dass eine junge, talentierte Schauspielerin aufhörte zu spielen? Was war geschehen, dass sie nicht glücklich wurde in ihrem Leben?

Das Braungrau der Talebene, ein paar Flecken Tannengrün an den Berghängen.

Hingetupfte Weiler. Eine Kapelle auf halber Höhe. Drüber Schnee.

Und was hatte sie all die Jahre gemacht? Wo hatte sie gelebt? Und warum war sie ausgerechnet jetzt zurückgekommen? Wie lange würde sie in Müstair bleiben? Würde Eva sie überhaupt wiedersehen?

Die weissen Leuchtspitzen der Berge wie Anführungszeichen über dem Tal. Alles Zitat. Der von Kondensstreifen zerkratzte Himmel. Ein paar träge Wolkenschiffchen darin.

Eva durfte keine Zeit verlieren. Endlich gewann die Strasse an Höhe, gab der Wald den Blick frei, öffnete sich ihr Schneetal. In einem Feldweg stand ein übervoll beladener Mistanhänger.

Eine Gabel steckte senkrecht in dem braunen Haufen. Dermassen senkrecht, vibrierend, dass man förmlich den Zorn spürte, den ungehaltenen, masslosen Zorn, mit dem sie hineingestossen worden war. Die Wegkapelle am Dorfrand: ‹O liebes Kind, wo gehst du hin?›

Stau und Stillstand vor der Grenze. Vor Anspannung nahm Eva ihr Notizbuch hervor, legte es auf das Lenkrad, starrte auf ihre Eintragungen, als hätte sie insgeheim gehofft, etwas anderes vorzufinden oder eine weniger schreckliche Wahrheit, oder als liesse sich das Furchtbare durch tapferes Betrachten bannen, oder als hätte das bisschen Zeit schon etwas geheilt, und machte eine Entdeckung von brutaler Klarheit. Hart und unwiderlegbar:

‹Philomena› las Eva, und in der Zeile darunter:

‹Salome›.

Und plötzlich, als hätte jemand ein Licht genau auf diesen Ausschnitt gesetzt, sah sie, dass vier Buchstaben, die exakt untereinander standen, identisch waren: ‹lome›. Es waren genau die vier Buchstaben auf einem jener Kartenschnipsel, die ihr die krumme Magd im Klosterhof gezeigt hatte. Was immer es mit dieser Karte auf sich hatte, wahrscheinlich trug sie Philomenas Unterschrift. Wahrscheinlich hatte Philomena sie geschrieben.

Anna bringt ihre Schnipsel zur Polizei

Erst hielt die Priorin Anna eine Strafpredigt, weil sie am heiligen Sonntag Teppiche geklopft hatte. Und jetzt schimpfte die Schwester Köchin und trieb sie zur Eile an. Kartoffeln schälen, vierteln, aufsetzen, salzen. Dabei hatte Anna ganz anderes im Sinn. Gestern war sie so grob aus ihrer Andacht herausgerissen worden und noch immer wusste sie nicht, was in dem goldenen Kästchen war. Und dann der andere Schatz. Seit Tagen trug sie ihn mit sich herum, hielt das Schweigen kaum mehr aus, zuckte innerlich und äusserlich, schnitt Grimassen vor Anspannung, konnte ihren Mitteilungsdrang kaum mehr zurückhalten. Jetzt platzte etwas, eine letzte Hemmung brach weg, jetzt war es soweit. Anna legte Kartoffel und Messer aus der Hand, kramte die Kartenschnipsel aus ihrer Schürzentasche und streckte sie, vor Erleichterung grinsend, der Schwester Köchin unter die Nase. «Schwester, schauen Sie, was ich gefunden habe.»

Die fromme Frau warf einen kurzen Blick auf die drei Schnipsel, schlug das Kreuz, drehte sich wieder ihren Töpfen zu und zischte: «Diese verdrehten Figuren, ich habe sie noch nie gemocht. Dieses abscheuliche Weib, so etwas über unserem Altar! Der Rosenkranzaltar, der war halt noch schön, aber davon verstehst du ja nichts. Warum hebst du so etwas überhaupt auf, das gehört doch in den Kehricht. Mach jetzt endlich voran mit den Kartoffeln!»

Als Anna mit dem vollen Komposteimer in den Garten geschickt wurde, ging sie unverrichteter Dinge zum Pfarrer. Der alte Herr winkte sie herein, dachte ‹selig sind die im Geiste Armen›, rümpfte die Nase wegen des stinkenden Eimers, nahm die Schnipsel in die Hand, hielt einen nach dem anderen vor seine dicken Brillengläser und schüttelte missbilligend den Kopf. Schlimm genug, dass dieser gottlose Kommissar ihn wegen Salome ausgefragt hatte. «Das sind Ausschnitte von einer Ansichtskarte, Anna, von der Enthauptung des heiligen Johannes des Täufers, der für uns gestorben ist. Du weisst schon, das Bild über dem Altar, das uns stets ermahnt, wohin Laster und Unzucht führen», predigte er, schaute über den Brillenrand, liess den Speichelfaden hängen und sagte streng: «Übrigens, Anna, wann warst du eigentlich zum letzten Mal beichten? Bei der Kommunion sehe ich dich jeden Sonntag, im Beichtstuhl nie. Du weisst, das ist eine Sünde.»

Anna trottete mit ihrem Komposteimer davon, fluchte leise und bekreuzigte sich nicht. Jetzt erst recht nicht! Da hatte sie etwas so Wichtiges gefunden, und niemand lobte sie dafür. Alle schimpften nur.

Sie liess den vollen Eimer mitten auf dem Treppenabsatz stehen, ging in ihre Stube, legte Gummischürze, Strickjacke und Kittelschürze ab, zog ihr Sonntagsgewand an, band das neue Kopftuch um, packte ihre Schnipsel sorgfältig ein und machte sich heimlich davon. Ging zur Bushaltestelle, sagte zum Chauffeur: «Santa Maria, Polizei», und platzte dort, vor Aufregung zitternd, in eine heikle Phase von Kollers und Raffinas Ermittlungen.

Koller verdrehte die Augen, als er Anna sah (er hasste Krüppel), sagte: «Machen *Sie* das, Raffina» und ging abfällig prustend in sein Büro zurück. Raffina aber, der Anna kannte, hörte ihr freundlich zu, als sie sagte «Das hat der tote Mann vom Dachboden im Hof verloren, hinten ist etwas draufgeschrieben, ‹Gebt mi›». Sie streckte Raffina ihre Fundstücke hin, die in einem blütenweissen, gestärkten und mit feinster Stickerei eingefassten Taschentuch lagen, als wären es Edelsteine. Annas Augen leuchteten, als Raffina den Schatz dankend entgegennahm und sagte: «Hast du noch mehr davon?»

«Nein, der Wind, der Hallodri, der Strolch und Spitzbub der nichtsnutzige hat die anderen genommen.»

«Aha», sagte Raffina, «so ein Lump und Lümmel, so ein durchtriebener Schurke aber auch.»

Und Anna durfte alles ganz genau erzählen. Und als der Polizist ihr zum Abschied die Hand drückte und sagte: «Das hast du gut gemacht, Anna, sehr gut», liefen ihr Tränen über die Wangen. Sie glitzerten im warmen Licht dieses glücklichen Märztages.

«Was war das denn?» fragte Koller, als Raffina in sein Büro kam.

«Das war Anna, die Magd aus dem Kloster. Sie hat am Samstagmorgen im Klosterhof diese Kartenschnipsel gefunden. Lange bevor wir vor Ort waren.»

«Aha …, zeigen Sie her!» Koller nahm die Klarsichttütchen mit den Schnipseln, betrachtete sie von beiden Seiten und sprang von seinem Sessel auf. «Sensationell, Raffina, das ist ja wahnsinnig! Schwarze Tinte, auffallende Schrift. Wissen Sie, was das bedeutet?», rief Koller.

Raffina schüttelte den Kopf.

«Der Brief, von dem die Witwe Eppacher erzählt hatte, der Brief mit Poststempel Taufers i. M., also jedenfalls die Adresse, war ebenfalls mit schwarzer Tinte und in einer auffälligen Schrift geschrieben.» KOLLER STÄRKER DENN JE.

«Dann mache ich Kopien von der Schrift, und wir schicken Signora Thanai ein Fax.»

«Ja, machen Sie das», sagte Koller.

Keine Viertelstunde später rief Monica Thanai an und bestätigte, dass es sich um dieselbe Schrift handelte wie auf dem Brief. «Auch wenn es nur Fragmente sind, sagte sie, «der Duktus ist unverkennbar.»

«Entschuldigung, Herr Kommissar, wenn ich …», Raffina machte Koller ein Zeichen, dass er etwas sagen wollte. Koller schnaubte und hielt Raffina widerwillig den Hörer hin. «Sagen Ihnen diese Worte irgend etwas, Frau Thanai?»

Koller riss den Hörer wieder an sich. Raffina kämpfte sich zum Telefonapparat vor und drückte auf die Lautsprechertaste. Koller warf ihm einen vernichtenden Blick zu.

«Bei ‹lome› fällt mir natürlich sofort ‹Salome› ein», sagte Monica Thanai, «zumal es sich, wie Commissario Raffina schreibt, um eine Karte mit einer Salome-Darstellung handelt.

Und ‹Gebt mi›, das könnte aus einem Satz sein, der einige Male in Oscar Wilde's ‹Salome› vorkommt; ein zentraler Satz.»

«Und wie heisst dieser Satz, Signora?», fragte Raffina.

«Gebt mir das Haupt des Jochanaan.»

«Was?», schrie Koller, dass Raffina neben ihm und Monica Thanai am anderen Ende der Leitung zusammenzuckten. «Das ist ja …, wenn das nicht …!»

Raffina hatte sich schnell wieder gefangen und sagte: «Besten Dank, Signora Thanai, Sie haben uns sehr geholfen, auf Wiederhören.»

Koller sass in seinem Sessel, zuckte nervös mit den Beinen, starrte mit weit aufgerissenen Augen ins Leere und sagte atemlos: «Das ist doch eine glasklare Morddrohung!»

«Wenn tatsächlich dieser Satz auf der Karte stand», sagte Raffina.

Koller sprang auf und begann hektisch hin und her zu laufen. «Also der Reihe nach: Brief und Karte mit schwarzer Tinte und gleicher Schrift…»

«Das heisst, dass es sich um ein und dieselbe Person handelt, die Eppacher bat, nach Müstair zu kommen, und die diese Karte geschrieben hat.»

«Wenn das kein handfester Beweis ist!»

«Aber Eppacher ist ja nicht enthauptet worden», sagte Raffina.

«Jetzt seien Sie nicht so überkorrekt, Raffina, tot ist tot», rief Koller und rannte hin und her, dass der Wimpel vom Musikkapellentreffen Ostschweiz auflog wie eine Staatsflagge bei heftigem Wind. Raffina hatte sich schützend vor einen Seitentisch gestellt. «Beide», sagte Koller mit erhobenem Zeigefinger, «der Tote und der Kartenschreiber, also der Mörder, haben etwas mit dieser grauenhaften Salome-Geschichte zu tun.»

«Dazu passt ja auch die Kassette», sagte Raffina.

«Was für eine Kassette?», schnauzte Koller.

«Nun, die Hörkassette, die wir in Eppachers Wagen gefunden haben. Das war doch genau diese Salome von Oscar Wilde.»

«Natürlich, Raffina, was denn sonst», beeilte sich Koller zu sagen und stampfte wütend auf. Er fand, ja, er hatte Boden gut gemacht. KOLLER VERFOLGT NEUE SPUR: JETZT GEHT'S SALOME AN DEN KRAGEN.

«Was haben Sie da eigentlich Geheimnisvolles hinter Ihrem Rücken?», fragte Koller und blieb vor Raffina stehen.

«Ich versuche, die Karte zu rekonstruieren.»

«Aha», sagte Koller schwach.

Raffina hatte die sieben Schnipsel auf einem Blatt Transparentpapier so angeordnet, dass ihre ursprüngliche Position auf der Karte erkennbar war. Zum Vergleich lag eine intakte Karte daneben. Er befestigte die Schnipsel mit durchsichtigem Klebstreifen, dasselbe tat er mit der ganzen Karte.

«Aha», sagte Koller, «und was haben wir davon?»

Raffina hielt das Blatt hoch, drehte es vor Kollers Augen abwechselnd auf die Bild- und die Rückseite und sagte: «Da sehen Sie: Wir haben den gesamten rechten Rand der Rückseite sowie die untere linke Ecke – unbeschrieben. Wir haben die linke obere Ecke mit den Worten ‹Gebt mi› und einen Schnipsel unten links von der Mitte mit den Buchstaben ‹l› ‹o› ‹m› ‹e›. Aus der Grösse und dem Stand der Schrift auf der Karte kann man schliessen, dass es kaum mehr Text gab als diesen Satz und die Unterschrift, die übrigens etwas nach rechts gerückt ist.»

«Gar nicht schlecht», sagte Koller und schluckte trocken. «Beinahe raffiniert.»

Raffina grinste.

Seinen letzten Satz bereute Koller sofort wieder und sagte: «Das heisst also, wir suchen einen Schreiber, der mit ‹Salome› unterzeichnet hat.»

«Oder eine Schreiber*in*», sagte Raffina, wobei er das ‹in› betonte.

Koller klatschte laut in die Hände. «Genau das hatte ich doch schon länger im Gefühl, dass wir es mit einer Mörderin zu tun haben.» Und nach einer kurzen Pause: «Ich glaube es zwar nicht, aber zur Sicherheit sollten wir die Witwe nochmal unter die Lupe nehmen. Rufen Sie die italienischen und die österreichischen Kollegen an, ob gegen Monica Thanai irgendetwas vorliegt. Und ich überprüfe das Alibi, das sie mir gestern gegeben hat. SCHWARZE WITWE ÜBERFÜHRT. KOLLER DURCHSCHAUT FALSCHEN TANZ DER SALOME.

In Raffinas Büro klingelte das Telefon. Es war Steiner.

Eine Kerze anzünden

Das Licht in der Kapelle wie Staub. Der Atem wie stiebender Dampf. Philomena zündete eine Kerze an und stellte sie zu den anderen Opferlichtern, die auf dem schmiedeeisernen Ständer flackerten.

Jedes flackerte aus einem anderen Grund. Für eine kleine Hoffnung, für eine grosse Bitte, zum Dank für empfangene Hilfe, zum Gedenken. Philomenas Kerze war für Hans. Aber mehr noch dafür, dass die Bilder endlich aufhörten, in ihrem Kopf zu tosen. Die schrecklichen Bilder, wie Hans wirklich ums Leben kam. Ein endlos wiederholter Film. Er lief, seit sie die Wahrheit kannte. Er lief noch, als Philomena den Kirchweg hinunterging zur Strasse und die Schritte zu zählen begann zu ihrem Haus. Es war vorbei. Es gab nichts mehr zu tun, das Unrecht war gesühnt. Wenn auch nichts gut war. Es war Zeit, zu gehen.

Was sollte sie tun? Eva schwankte von der einen zur anderen Seite und zurück. Zur Polizei gehen und ihre Aussage korrigieren, eine falsche Aussage, die sie ohne Willen und Absicht gemacht hatte, die einfach passiert war. Berichten, was sie am Freitag in der Kirche gesehen und gehört hatte. Nicht länger eine Schuldige decken. Salome ist Philomena, Philomena ist Salome. Dieser unsympathische Kommissar hätte sicher kein Verständnis für ihr Verhalten. Sie hatte ja gleich *zwei* Dinge verschwiegen. Und jetzt wusste sie noch viel mehr. Kannte Zusammenhänge, die den Verdacht erst recht schürten. Womöglich wusste die Polizei gar nichts von Philomena Durnwald. Oder wie immer sie jetzt heissen mochte. Und laut den Zeitungen wurde in Italien nach einem Verdächtigen gesucht. Ein rettender Gedanke: Philomena wäre längst abgereist, könnte nicht vernommen und nicht belangt werden, wäre auf dem Weg zurück, wohin auch immer, bevor man ihr überhaupt auf die Spur käme. Ein Gedanke, der Eva zugleich einen Stich ins Herz gab. Denn da war ja noch diese andere Seite. Die Anziehung, für die sie keine Erklärung hatte. Sie dachte an Philomenas Lächeln im Museum, ihre Vertrautheit, als Eva sie fotografiert hatte.

Aus dem Schnee tauchte das Kloster auf. Im hellen Mittagslicht der massige Kirchturm, die Kirche, der Zinnenturm, die niedrige Mauer wie ein silbernes Band. Der Himmel überm Tal wie ein neuer Leuchtkasten.

Eva bog von der Strasse ab und fuhr auf den Parkplatz gegenüber der Kirche. Und damit war klar, was sie tun würde. Sie steckte ihr Notizbuch in die Manteltasche, als gälte es, für eine Beweisführung gewappnet zu sein. Hoffte, fürchtete, bangte, wollte, dass Philomena in der Kirche war.

Herzklopfen, als sie die Tür öffnete. Die äussere, die innere. Es brannte Licht, ein älteres Paar stand im Mittelgang, betrachtete die Fresken, schaute abwechselnd an die Wände und in ein Buch.

Das hallende Flüstern der Stimmen, das Hallen der Schritte auf dem Steinboden, die Freskenbeleuchtung, die erlosch und wieder angemacht wurde, die kriechende Kälte. Philomenas Platz an der Säule war leer.

Eva folgte dem Flüstern des Paars in die Seitenkapelle. Ein Geruch von Stearin wie eine Welle, eine Lichtorgel flackernder Kerzen an der Wand. Die Flämmchen in ihren bunten Plastikschälchen wärmten nicht. Der Atem wie stiebender Dampf. Eva nahm eine Kerze, warf Münzen in das Kässchen, zündete die Kerze an, wusste nicht recht für wen.

Sie ging zurück durch den Mittelgang, blieb an einer Bank stehen, zögerte, trat hinein, es war Philomenas Bank. Sie setzte sich neben die Säule. An Philomenas Platz. Das Hallen, als sie die Füsse auf die Kniebank stellte. Das Freskenlicht fiel auf die Gauklerin, auf die Rächerin und auf den kleinen, freiliegenden Ausschnitt der unteren Schicht, der nur die Neugier narrte, nur die Sehnsucht schürte, mehr zu sehen. Das *ganze* ursprüngliche Bild. Dieses Geheimnis, das angeblich nie enthüllt werden wird.

Die Freskenbeleuchtung erlosch. Vor Evas innerem Auge war ein Detail des Bildes hängengeblieben und mit ihm ein plötzliches Verstehen: die Gauklerin, die den abgeschlagenen Kopf auf der gelben Schüssel trägt, ihre gebeugte, gebückte, beinahe unterwürfige Haltung war ein einziges Heischen um Anerkennung, um Angenommenwerden. Der halb verdrehte, beinahe entrückte Blick, mit dem sie zur Königin aufschaut, bedeutete nur eins: Salome buhlt um die Liebe ihrer Mutter.

Koller und die Akte Eppacher

Die italienischen und österreichischen Behörden hatten keine nennenswerten Einträge zu Monica Thanai, bis auf ein paar Verwarnungen wegen Fahrens mit überhöhter Geschwindigkeit. ‹Sportlich, sportlich›, dachte Koller und pfiff durch die Zähne. Monica Thanais Alibi für die fragliche Zeit war wasserdicht. Sie war mit einer Freundin schwimmen. Also musste Koller die Idee aufgeben, die schöne Witwe könnte ein raffiniertes Stück inszeniert haben. Auch brachte ihr Eppachers Tod keine nennenswerten finanziellen Vorteile, weit und breit also kein Motiv.

Kollers Höhenflug war vorbei, keine Lösung in Sicht, kein Obduktionsergebnis auf dem Tisch, und die Akte Eppacher liess auch auf sich warten. «Wer ist diese verfluchte Salome?», schimpfte Koller laut. Steiner sass ihm im Nacken, Raffina war ihm auf den Fersen, er kam nicht vom Fleck. Ihm wurde übel vor Panik und Zorn. Er sprang auf und begann, im Büro hin- und herzulaufen, wollte gegen den Schreibtisch treten, hatte schon ausgeholt, als sein Blick auf eine Zeitungsschlagzeile zum Desaster des FC fiel. Er stampfte auf den Boden, bohrte sich in die andere Wut. Die Wut auf die fatale Schlussphase. Er nahm sie an wie eine Rettung. Er würde zu seiner ursprünglichen Theorie zurückkehren. KOLLER WIRFT IN DER SCHLUSSPHASE ALLES NACH VORN. Was ihm fehlte, war das richtige Zuspiel. Die Flanke, die Vorlage.

Sie kam von Raffina, der laut an die Tür klopfte, ein dickes Paket hochhielt und vor Koller auf den Tisch legte. «Express aus Italien», rief er aufgeregt, «die Akte Eppacher!»

«Geben Sie her», sagte Koller, griff nach dem Paket und wedelte in Raffinas Richtung, als würde er einen Hund vor die Tür scheuchen. «Basteln Sie ruhig an Ihrer Karte weiter.»

Die Tür fiel nicht gerade leise ins Schloss.

Koller zerriss den Umschlag, zerrte die Akte heraus, schlug sie auf, begann zu lesen, blätterte sich hektisch durch die Seiten und wusste, dass er verloren hatte.

Die Ellbogen auf den Schreibtisch und die Schläfen auf die Fingerspitzen gestützt, starrte er auf das dicke Dossier, vor Entsetzen bebend. Sein rechtes Bein zuckte, angetrieben vom Vorderfuss, der auf und ab ratterte, als gelte es das Pedal einer alten Maschine in Gang zu halten. Kollers Panik versetzte den ganzen Raum in Aufruhr. Ein scharfes Summen und Scheppern hing in der Luft. Es kam von Stempeln, die sich in ihrer Aufhängung schüttelten. Es kam von einer leeren Kaffeetasse, die auf ihrer Untertasse rotierte, während der Löffel gegen das Porzellan schlug. Er drang aus der Tiefe einer Schublade, wo Münzen in einem Metallbehälter klimperten, vom Holz des Schreibtischs wie von einem Resonanzboden verstärkt. Es fehlte nicht viel, und die Fensterscheiben wären in Schwingung geraten, ja geborsten. Koller schüttelte sich, schnaubte laut und hielt den Fuss still. Augenblicklich hörte die Kaffeetasse auf zu scheppern, die Stempel hingen steif in ihrem Karussell, die Fensterscheiben standen still vor einem unverschämt blauen Himmel. Es half alles nichts. «Raffina», schrie Koller, nein er meinte zu schreien, aber es war nur ein Krächzen, ein heiseres Krächzen, es blieb an der Tür hängen, platzte wie eine Seifenblase und lief in lächerlich kleinen Tropfen an der Tür hinunter. Koller schlug die Hände vors Gesicht, trat gegen den Schreibtisch, sprang auf und schrie noch einmal, und jetzt war es ein Brüllen: «Raffina!!»

Raffina holte sich an der Türklinke einen elektrischen Schlag und zog die Hand erschrocken zurück, bevor er etwas sagen konnte. Wäre nicht das Mittagslicht wie dünne Milch durch den Raum geflossen, hätte man den Funkenschlag zwischen der Klinke und Raffinas Hand gesehen. Doch es geschah nicht, was er erwartet hatte. Eine Steigerung von Kollers Schrei. Was kam, war eine verschämte Frage, ein hilfloses Kleinbeigeben. Koller sagte: «Sie können doch besser Italienisch, Raffina. Schauen Sie mal mit rein?»

Koller sass geduckt in seinem Sessel, tat so, als läse er mit, als verstünde er, und wartete insgeheim auf die Übersetzung oder einen erhellenden Kommentar. Raffina stand neben ihm wie ein General, las von oben herab, sagte nichts ausser: «Bitte umblättern», «umblättern», «ja» und schliesslich nur noch: «weiter!», wobei sein Ton von Seite zu Seite schärfer wurde. Zwischen die Befehle streute Raffina kleine Brocken Rätoromanisch und demütigte Koller damit noch mehr. «Jetzt sagen Sie schon!», drängte er.

«Der dunkle Fleck in Eppachers Vergangenheit.»

«Ja?» Koller verdrehte den Hals, um nach oben zu schauen. «Was ist damit?»

«Es gibt da eine alte Geschichte.»

«Ja?», sagte Koller noch einmal, «los los, wir dürfen keine Zeit verlieren!»

«Es gab einen Unfall und einen Toten. Und die Verlobte des Toten, die Eppacher schwer belastete …»

Koller sprang auf und lief hektisch hin und her. «Was habe ich gesagt? Wenn das nicht ein verdammt starkes Motiv ist! Sie ist unsere Salome! Sie ist unsere Mörderin!» Koller blieb stehen und schaute Raffina streng an. «Rufen Sie die Italiener an, finden Sie ihren Aufenthaltsort heraus, überprüfen Sie die Meldelisten im Tal, Hotels und so weiter. Plus Taufers i. M.» Koller hatte seine Rede mit hektischen Armbewegungen begleitet, als würde er einen liegen gebliebenen Motor ankurbeln. Er liess den Arm sinken und sagte: «Wie heisst sie eigentlich?»

«Philomena Durnwald.»

«Was? Und das sagen Sie erst jetzt? Sie …!», schrie Koller mit dunkelrotem Kopf: «Philomena beginnt mit ‹P›!»

«Stimmt», sagte Raffina trocken und ging in sein Büro zurück.

Koller liess sich prustend in seinen Sessel fallen. Er dachte an die Notiz auf dem Kalenderblatt, das sie in Eppachers Wagen gefunden hatten: ‹P., Müstair, Gnadenkapelle, 16:30 Uhr›. Er fand, er war wieder zurück im Spiel. Er würde Raffina im Tal telefonieren lassen, wozu schliesslich hatte er einen Dorfpolizisten als Assistenten. Und sobald diese Philomena Durnwald gefunden war, wäre er zur Stelle und würde sie verhaften. Er rieb sich die Hände und reckte sich siegesgewiss. RACHE-SALOME GEFASST. KOMMISSAR KOLLER SCHREIBT KRIMINALGESCHICHTE MIT ‹P›.

Ein Puzzlesteinchen fehlte allerdings noch in seinen Ermittlungen. «Wenn der glaubt, er kann partout jedes Ultimatum platzen lassen», schimpfte Koller, «dann hat er sich geschnitten!» Er wählte zum zweiten Mal an diesem Tag die Nummer von Dr. Dr. Schmidt-Messerli in der Pathologie und landete bei der Zentrale: «Nein leider, Koller. Jetzt haben Sie die Herren haarscharf verpasst. Die sind eben zu Tisch.»

Aneinander vorbei

«Die Post!», trällerte Ida Prezios, als es an der Tür läutete. Aber nein, unmöglich, sie hatte die Leopardenuhr ja erst am Samstag bestellt, wenn auch telefonisch, für besonders schnelle Lieferung.

Es war nicht die Post. Was vor der Tür stand, liess ihr Raubkatzenherz dennoch einen kleinen Sprung machen. Es war Urs Andermatt.

«Nein leider», sagte sie sanft, «Eva musste dringend nach Südtirol, sie wollte aber um die Mittagszeit zurück sein. Kommen Sie, ich mache uns einen Kaffee. Eva freut sich sicher, Sie zu sehen. Wie geht es Ihnen denn, etwas besser? Was für eine furchtbare Geschichte! Die Polizei hat den Mörder offenbar immer noch nicht gefangen (sie sagte allen Ernstes ‹gefangen›), heute ist ein Artikel in der Zeitung. Aber das Wichtigste ist doch, dass Sie und Eva endlich zusammenkommen.» So plapperte Ida Prezios vor sich hin, während Urs höflich lächelte.

Zu einer dritten Tasse Kaffee und noch mehr flämischen Kokostörtchen auf feiner Zartbitter-Schokolade, der neuesten Katalogentdeckung von Ida Prezios, 800 g für nur Fr. 14,95, sagte Urs Andermatt dankend nein. Dafür lobte er ihre Wahl einer neuen Bluse für einen ganz speziellen Anlass. «Dieses Stück», sagte er, «wird Sie sehr gut kleiden.» Ida Prezios hatte es nicht lassen können, beiläufig in ihrem aktuellen Lieblingskatalog blätternd, Urs Andermatt, der ja einen ausgezeichneten Geschmack hatte, ihre neueste Bestellung vorzuführen. Von der Leopardenuhr schwieg sie vorläufig, schlich aber ständig um das Thema herum und lauerte auf den passenden Augenblick.

Das Mittagslicht schrägte in die enge Strasse, traf hart auf den Asphalt und leuchtete jeden Winkel aus. Fiel auf schmutzige Schneeränder, liess Schmelzbäche schillern wie flüssiges Blei. Alles war in Bewegung, rann abwärts. Nervöses Gurgeln aus den Gullis. Jeder Tropfen trieb die Erde weiter um ihre Achse, trieb sie weiter auf ihrer Bahn. Was ist schmerzlicher als das Wissenwollen?

Seit Eva in der Kirche vorhin erkannt hatte, was die Gauklerin wirklich bewegte – nicht der Tod des Johannes, sondern einzig und allein das Betteln um die Liebe ihrer Mutter – , hatte sie das Gefühl, eine Seelenverwandte gefunden zu haben, eine Schwester. Und bei allem, was sie umtrieb, war das ein Trost. Als wäre sie nicht mehr allein.

Atemlos stand Eva vor Philomenas Haustür. Klingelte. Zaghaft zuerst. Hörte die Glocke auf der anderen Seite der Tür. Horchte ins Innere. Nichts. Kein Laut aus der Wohnung, keine

Schritte, die näher kamen. Sie klingelte noch einmal, drängender. Erschrak über die laute Glocke, den kalten Ton, der abbrach, als hätte ihn ein Messer zerschnitten.

Es war dasselbe Messer, das Evas Seele zweiteilte. Enttäuschung und Erleichterung. Sehnsucht und Angst. Zwei Schritte neben der Tür das Fenster, durch das sie Philomena am Abend zuvor heimlich beobachtet hatte. Die Schauspielerin, das Ausnahmetalent, die heimlich Zurückgekehrte, die vermeintliche Salome, die eiskalte Rächerin.

Das schwarze Fenster war ein Spiegel. Eva schirmte ihre Augen mit den Händen ab, legte die Handkanten an die Scheibe. Sah Stuhl und Tisch, die geschlossene Schatulle auf dem Tisch, keine Briefe, kein Bild. Nur die rote Kerze, wie man sie den Toten auf dem Friedhof anzündet. Die stand noch da. Auf dem Boden ein Koffer und eine Tasche. Beides verschlossen, reisefertig. Sie flieht!, dachte Eva und zuckte vom Fenster zurück, als hätte sie sich verbrannt, und: sie hat es wirklich getan, und jetzt flieht sie, bevor die Polizei sie findet. Eva stand vor dem Fenster, grub die Hände in die Manteltaschen, duckte sich unter der Last ihrer Zerrissenheit, drehte sich mit ängstlichen Trippelschrittchen im Kreis herum, ein kleines Mädchen, das man in der Fremde vergessen hat.

Es gibt Dinge auf der Welt, die man nie erfahren wird. Es gibt Bilder, die man nie zu Gesicht bekommen wird. Und es gibt Menschen, deren Geheimnis immer ein Geheimnis bleiben wird. Vielleicht würde Eva Fendt das ein für allemal lernen müssen.

Sie atmete auf, als sie wieder im Wagen sass, dachte an die Gauklerin, fuhr die enge Strasse hinunter, am Gasthaus vorbei, dachte wütend und traurig an Urs. Sie würde abreisen. Ja. Sie würde Müstair so schnell wie möglich verlassen.

Als er einen Schlüssel im Türschloss hörte, nickte Urs seiner Gastgeberin zu und ging Eva entgegen. Ida Prezios erhob sich ebenfalls und zog sich samt Kokostörtchen und Lektüre diskret in ihr Wohnzimmer zurück, liess die Tür aber einen Spalt weit offen. Dieses Wiedersehen hätte sie doch allzu gerne miterlebt.

«Urs, bist du wieder da.»

Alles war gesagt in der Art, wie Eva es sagte. Die Stimme tonlos, wie Löschpapier. Der Name klang wie ein Fremdwort. Der Satz aus vier kurzen Worten war eine Frage, die es nicht wert ist, gestellt zu werden. Der Tonfall war wortwörtlich ein Fall, der Absturz von Urs dem Zauberer zu Urs dem Falschspieler. Dem Dorian Gray vom Dachboden.

«Hallo Eva», sagte Urs und wollte sie umarmen, doch Eva drehte sich weg.

«Bitte entschuldige, aber ich hab dich gestern einfach nicht mehr erreicht. Meine Frau rief mich an, weil mein Jüngster einen Unfall hatte, und da bin ich natürlich sofort nach Hause gefahren.»

Eva lief innerlich davon, kroch in ihr Murmeltierversteck, aber es half nichts. ‹Meine Frau›, ‹Mein Jüngster›, ‹nach Hause›. Der Charmeur ein Biedermann, der Welterklärer ein Kleinbürger, der Freigeist ein Knecht. So schnell kann ein Zauber verfliegen, ein Anfang enden, ein Glitzern vergehen. Eva rettete sich aus der Eifersucht in eine kalte Verachtung für den spiessigen Lebensstil, an dem gerade ihre Beziehung mit Thomas zerbrochen war. Doch die Eifersucht kam zurück, und mit ihr kamen Enttäuschung, Ungläubigkeit, Trotz. Der Trotz einer verwöhnten Prinzessin, die nur das Umworbensein kannte, nur das Begehrtwerden. Es war neu für Eva, dass jemand für sie nicht zu haben war. Dass ein Anfang voller Möglichkeiten so abrupt endete. Es war so anregend gewesen mit Urs. Seine Art zu erzählen, sein Werben zwischen den Zeilen, das erregende Ahnen, was sein könnte. Mehr noch: Urs hatte lange verriegelte Türen in Evas Seele aufgeschlossen, und jetzt stand sie hilflos da. Eine Bittstellerin, die sich vor Demut windet. Wie die Gauklerin vor ihrer Mutter. Nein! Die Prinzessin schnippte mit dem Finger, schnippte den Zauber weg.

«Ich werde heute Nachmittag fahren», sagte sie.

«Trinken wir wenigstens noch einen Kaffee zusammen?»

So wie Urs das sagte, schien er von dem, was in Eva vorging, nichts bemerkt zu haben. Auch gut, dachte sie.

«Meinetwegen.»

«In einer halben Stunde im Gasthaus?»

«Ja.»

«Ich habe dir übrigens etwas mitgebracht.» Urs legte ein schmales Päckchen auf den Tisch, das in gestreiftes Papier eingewickelt war. Im Gehen sagte er: «Also bis gleich. Ich freue mich.»

In dem Päckchen war ein Kunstführer zur Kirche. Auf der ersten Seite lag eine Salome-Karte mit einer Widmung von Urs. Der letzte Satz lautete: ‹Vergiss sie nicht, unsere Müstairer Geheimnisse.›

Eva schlug das Heft zu und stiess es zur Seite. Dann nahm sie noch einmal die Karte heraus und betrachtete das Salome-Bild. Den Ausriss der ursprünglichen Malerei, die für immer verborgen bleiben wird. Ein nichtssagender Fetzen enthülltes Geheimnis. Die Bruchkanten zwischen zwei untrennbaren Schichten. Bis sie wieder an der Gauklerin hängen blieb. Der Gauklerin mit dem grässlichen Haupt auf einer goldenen Schale. Ihr verdrehter Blick. Ihr krummgedrückter Körper. Ihre schreiende Unterwürfigkeit. Die ganze Gestalt war ein einziges Bitten, Betteln, Wissenwollen.

Ida Prezios nahm wieder ihren Katalog zur Hand und blätterte traumverloren darin. Hörte wenig von dem, was nebenan gesprochen wurde. Wahrscheinlich wurde auch nicht viel gesprochen, dachte sie lächelnd. Sie stellte sich ein Happy End vor, wie man es oft im Fernsehen sieht, mit tiefen Blicken, einem erst scheuen, dann stürmischen Aufeinanderzugehen, einem letzten Innehalten vor der ersten zitternden Umarmung, mit Mündern, die sich zögernd näher kommen, Lippen, die sich öffnen, um endlich in leidenschaftlichen Küssen, ach.

Sie legte den Katalog beiseite. Nahm noch ein Kokostörtchen. Und noch eins.

Anna und die unio mystica aus der Pralinenschachtel

Anna war gewarnt. Nach dem morgendlichen Zwischenfall mit dem Komposteimer, der zum Himmel stank, war sie angehalten worden, Busse zu tun und ihre kirchlichen Putzpflichten besonders gewissenhaft zu erfüllen. Und auf Knien um Vergebung für ihren Ungehorsam zu bitten. (Ihr Ausflug nach Sta. Maria war Gott sei Dank unbemerkt geblieben.) In Ewigkeit Amen. Doch Anna, auch wenn sie wieder in ihrer grossgeblümten Kittelschürze, Strickjacke und Gummischürze steckte, stand der Sinn nicht nach Busse. Heute nicht. Heute war ihr Glückstag. Denn zum ersten Mal in ihrem Leben hatte jemand gesagt, dass sie etwas gut gemacht hatte.

Den dampfenden Putzeimer in der Rechten, den geweihten Schrubber in der Linken, schritt sie mächtig, beinah grossspurig aus, schwang ihren Eimer, dass die Seifenblasen knisterten. Anna verzog das Gesicht zu einem trotzigen Grinsen, stellte den Eimer auf der Altartreppe ab, dass es überschwappte und ging geradewegs in die Gnadenkapelle, um der barmherzigen Gottesmutter zu danken. Sie bekreuzigte sich mit Wichtigkeit, der breite Mund malmte Gebetsreste, murmelte frommes Zeug und kaute Dankesworte wieder. Tränen kullerten ihr die Wangen hinunter und wärmten die arme Seele. Sie sah hinauf zu ihrer Gönnerin, die tränenverdoppelt auf ihre Magd herablächelte, ihr zuzwinkerte und beifällig nickte. Und dann.

Und dann lag etwas Glänzendes auf dem Altar, das goldene Kästlein, ihr Schatz. Die Tränen versiegten rasch. Anna bekreuzigte sich, griff nach dem Kästchen, streifte die Cellophanhülle ab, langsam, ganz langsam, sie war glatt und glänzte, raschelte und knisterte in ihrer Hand. Anna zog die Hülle mit einem letzten Ruck über die Flanken, liess sie fallen, sie schwebte trudelnd zu Boden und blieb liegen wie eine Scherbe, in der sich ein unerhörtes Ereignis spiegelte. Anna fuhr mit ihren rissigen Fingern über die feine Oberfläche des goldenen Kästleins, strich zitternd über die Kostbarkeiten, die darauf gemalt waren und die man in ihrer Erhabenheit fühlen konnte: Pralinen, eine schöner als die andere. Anna bebte vor Aufregung und Lust. Das Kästchen schillerte. Die Himmelskönigin lächelte. Und Anna hob den Deckel, und augenblicklich stieg ein Duft auf, lieblicher als alle Düfte, die ihr je begegnet waren. Sie schloss die Augen und sog die Süsse tief in sich ein, liess sie strömen, öffnete sich ganz. Da ertönte die Glocke im Turm. Dröhnte in dunklen, wummernden Schlägen, begleitet von einem metallischen Knirschen, als gefiele Einem da oben nicht, was Anna im Begriff war zu tun. Doch als die Schläge verklungen waren und nichts geschah, lupfte Anna die letzte Bedeckung, sie war schneeweiss und seidenweich, öffnete die letzte verbotene Pforte und fand sich in einem Lustgarten, wie sie noch in keinem war. Ein Garten voll praller, duftender Früchte, schön und kostbar wie Edelsteine. Sie schillerten in allen Schokoladenfarben, lauter Wunderwerke an Zierlichkeit und Anmut. Feierlich nahm Anna eine Praline in die Hand, öffnete die Lippen und empfing das süsse Manna mit einer Hingabe, wie sie die trockenen Oblaten bei der heiligen Kommunion nie empfangen hatte. Der betörende Duft vereinigte sich mit unbeschreiblichen Empfindungen auf der

Zunge. Zart begann Schokolade zu schmelzen, Dunkel und Hell, Bitter und Süss mischten sich, Aromen von Vanille, Mandel und Nuss begannen zu strömen, wohlig rieb sich die Zunge an Krokantstückchen, Kakaosplitter balgten sich mit den Zähnen, um sich zuletzt sanft zu ergeben.

Und Anna geriet vollkommen ausser sich. Ohne zu wissen wohin, liess sie sich entführen, höher und höher hinauf, Praline um Praline. Alles Schwere fiel von ihr ab, das krumme Kreuz streckte sich, die Fesseln der Gummischürze zersprangen, Anna war leicht und schwebte, kniete zu Füssen der Gebenedeiten auf der Mondsichel, fuhr mit ihr zum Himmel auf, von Engeln getragen, von Engeln geleitet, von Engeln gekrönt. Bevor ihr die Sinne schwanden, sah Anna ein Bild: ein kahler Baum, an dessen Stamm ein goldener Apfel im Schnee lag.

Die Sakristanin fand Anna vor dem Marienaltar schlafend. Die Gummischürze lag neben ihr wie eine riesige Zunge, die Seiten der Kittelschürze klafften schamlos auseinander, Mundwinkel und Kinn waren von braunen Rinnsalen verklebt, die linke Hand hielt eine leere Schachtel, die rechte lag mit braunen Fingerspitzen in Höhe des Herzens, in einer Geste der Demut und Busse. Annas Lächeln aber war von einer Seligkeit, wie es die Schwester nie an einem lebenden Menschen gesehen hatte. Diese Art Lächeln kannte sie nur von Bildern der Mystikerinnen, von Beschreibungen der unio mystica.

Auf den Altarstufen im Kirchenschiff war das Putzwasser längst kalt geworden. Eine trübe, schaumlose Brühe.

Geheimnisse

Eva ging durch den Klosterhof, über die Strasse zum Gasthaus. Die schmale Holztreppe, das schaukelnde Lederseil, die niedrige Tür, von der die Farbe abblätterte, der dunkle Vorraum, das helle Gläserklingeln. Ein Gefühl von Abschied lag über allem wie ein graues, ungesäumtes Tuch.

Urs sass an einem Fenstertisch und telefonierte. Er winkte Eva zu. Sie blieb zögernd stehen, wollte nicht stören, doch Urs bedeutete ihr zu kommen, rückte einen Stuhl zurecht, legte seinen Arm einladend auf die Lehne. Eva ging zwei Schritte bis zu dem Tisch mit den Magazinen, nahm eines zur Hand und blätterte darin. Zum ersten Mal hörte sie Urs Dialekt sprechen. Es klang drollig und hölzern. Es war gut für Evas Entzauberungsprogramm.

Offensichtlich sprach Urs mit seinem ‹Jüngsten›. Ein besorgter Vater, der tröstete, Mut machte, etwas in Aussicht stellte für schnelles Wiedergesundwerden. Als er sagte: «Gibst du mir bitte nochmal die Mama?», wollte Eva weghören. Blätterte laut die Seiten um, war froh über das Rascheln. Erst als Urs aufgelegt hatte, ging sie zu seinem Tisch.

«Entschuldige bitte Eva. Aber jetzt bin ich echt erleichtert. Die Ärzte haben Entwarnung gegeben. Es ist viel weniger schlimm, als befürchtet. Gott sei Dank.» Als er den Wirt hereinkommen sah, fragte Urs: «Du nimmst auch einen Kaffee?»

Eva nickte.

Der Wirt begrüsste sie mit seinem melancholischen Lächeln. Er schien wenig gesprächig, nahm die Bestellung auf und entfernte sich leise.

«Gestern sind wir ziemlich erschrocken, als es passiert war», sagte Urs, «deshalb bin ich auch sofort los.» Eva wusste, dass jetzt ein paar betroffene Fragen von ihr erwartet wurden, was denn genau passiert sei, und ein paar Nachfragen zum Familienleben der Andermatts, wie viele Kinder, wie alt, haben sie deine Augen, und deine Frau, ist es nicht schwierig, dass du so weit weg bist, wo dich deine Familie doch braucht. Aber Eva sagte nichts von alledem. Schaltete auf Trotz und Verweigerung, schaute sich von aussen dabei zu, fand die kleine Rache stand ihr zu, fand sich gleichzeitig kindisch und unhöflich.

Der Wirt brachte den Kaffee und verliess die Gaststube wieder.

Eva sagte: «Danke für den Kunstführer.»

Urs lächelte. «Ja, gern geschehen. Darin wirst du vieles wiederfinden, was ich dir erzählt und in der Kirche gezeigt habe.» Er rührte seinen Kaffee um, legte den Löffel neben die Tasse, liess sie stehen und sagte: «Was ich dich übrigens noch fragen wollte, Eva …, an unserem ersten Abend hast du gesagt, du seist nach Müstair gekommen wegen einer unbestimmten Idee von einem Geheimnis.»

Eva sah ihn überrascht an.

«Und? Bist du deinem Geheimnis auf die Spur gekommen?»

Eva senkte den Blick und schwieg.

«Oh je, das hätte ich besser nicht gefragt», sagte Urs erschrocken. «Bitte entschuldige, ich wollte nicht indiskret sein.»

Eva sah Urs abwesend an. Was von all dem, das sie umtrieb, konnte sie Urs Andermatt denn erzählen? Es war so viel passiert in Müstair. Sie wusste Dinge, die vielleicht einen Mord aufzuklären halfen, und sie war nicht zur Polizei gegangen. Sie schützte vielleicht eine Mörderin, verhalf ihr zur Flucht. Sie fühlte sich zu dieser geheimnisvollen, doppelgesichtigen Frau hingezogen und wusste nicht warum. Sie hatte sich von Thomas getrennt. Sie hatte sich ein wenig in Urs verliebt, in Urs den Zauberer. Und: Sie war auf ihr altes, vergessen und vergraben geglaubtes Seelenthema gestossen. Ihr grosses, unaufgelöstes Geheimnis.

Urs legte seine Hand auf Evas Arm. «Lass gut sein. Nur soviel: Wenn es wirklich ein Geheimnis gibt, das dich beschäftigt, dann geh ihm nach. Lass nicht locker! Weisst du, das ist es auch, was *mich* immer wieder antreibt. Die ewige Neugier, das Herausfindenwollen, das Verstehenwollen. Deshalb bin ich Archäologe geworden, weil ich immer schon wissen wollte, was vorher war. Weil man die Gegenwart ohne das Wissen von der Vergangenheit überhaupt nicht verstehen kann. Das Interesse an der Geschichte ist etwas zutiefst Natürliches, finde ich. Oder kennst du jemanden, der nicht wissen will, woher er kommt, wo die Wurzeln seiner Familie sind?»

Eva sah Urs mit grossen Augen an.

«Dieselbe Neugier gilt auch für viele andere Dinge – für ein Land, für einen Ort, für ein Bauwerk. Denk an das Kloster, an die Kirche, an die Kirchenwände mit ihren vielen Übermalungen, die man Schicht für Schicht freigelegt hat, um das Ursprüngliche zu sehen und zu verstehen. Für mich gibt es nichts Spannenderes, nichts Grossartigeres.» Urs hielt unvermittelt inne. «Oh je, jetzt hab ich schon wieder nur von mir gesprochen. Tut mir Leid!»

Wieder hatte Urs an einer Tür in Evas Seele gerüttelt. Aber das konnte er nicht wissen. Er lächelte achselzuckend und trank seinen Kaffee aus.

«Es hat gut getan, was du gesagt hast, Urs, danke.» Eva stand auf. «Ich muss jetzt aber wirklich ...»

Sie standen im dunklen Vorraum, und die Tür liess einen Streifen Mittagslicht herein. «Ich werde unsere Müstairer Geheimnisse sicher nicht vergessen», sagte Eva, «und was mein Geheimnis betrifft ..., ich bleib dran.»

Als Urs sie zum Abschied in die Arme nahm und sanft wiegte, kam ein ganz klein wenig vom Glitzern des Zauberers zurück. Er strahlte sie an, und seine Augen nahmen es mit der Sonne auf.

Das geflochtene Lederseil schlug einige Male gegen die Hauswand, schwang noch eine kleine Weile hin und her und hing wieder still in seinen Befestigungsringen, als Eva über die Strasse in Richtung Pension ging.

Das Stärkste, was ihr von Urs Andermatt in Erinnerung blieb, war der Zauber einer unaufgelösten Sehnsucht. Sie schwang noch eine kleine Weile nach und blieb dann am Bild der Gauklerin hängen, die noch immer auf ein Zeichen von ihrer Mutter wartete. Mit ihrer grässlichen Last still dastand und wartete. Seit achthundert Jahren.

In Müstair hat die Zeit eben ein anderes Mass.

Der Rächerin auf der Spur

Während der Obduktionsbericht auf sich warten liess, suchten Koller und Raffina fieberhaft nach der Verdächtigen. Raffina telefonierte im Tal herum, Koller hatte die Orte jenseits der Grenze übernommen. Die Südtiroler Behörden und Verkehrsämter winkten allesamt ab, da war niemand mit Namen Philomena Durnwald gemeldet. Auch nicht mit anderem Namen und passendem Geburtsdatum. Es war mühsam. Und die Zeit lief Koller davon. Als er sich eine Verschnaufpause gönnte, klingelte sein Telefon. Es war Steiner. Augenblicklich schlug Panik in ihm hoch. Er setzte sich in Alarmstellung, der Schweiss brach ihm aus.

Steiner wollte Raffina sprechen.

Warum um alles in der Welt will Steiner Raffina sprechen?, stutzte Koller. «Der telefoniert auf der anderen Leitung», sagte er.

«Das hab ich gemerkt, Mann!»

«Wir haben nun definitiv eine heisse Spur.»

«Wurde auch höchste Zeit», sagte Steiner.

«Die Akte Eppacher …», begann Koller.

«Ich bin im Bilde, Koller», fiel ihm Steiner ins Wort.

Koller kam ein fürchterlicher Verdacht. Der Telefonhörer in seiner Hand begann zu zittern. Seit gestern hatte Steiner sich nicht mehr bei ihm gemeldet, dafür hatte Raffina heute Morgen auffallend viel telefoniert und als Koller durch sein Büro gegangen war, sich laut geräuspert und dann nur noch gedämpft gesprochen. Koller brauchte nur eins und eins zusammenzuzählen: An ihm vorbei hatte Steiner mit Raffina paktiert, hatte ihn klammheimlich auf den Fall gesetzt. Das war das Ende. Genau wie damals, als er auf seinen Einsatz in der Jugendauswahl gewartet hatte. Als der Trainer in der 62. Minute aufgestanden war, und Koller gedacht hatte, jetzt ist es so weit, jetzt lässt er mich spielen. Als der Trainer ohne einen Blick, ohne die Andeutung einer Drehung in seine Richtung, an ihm vorbei gegangen war, die Bank entlang bis ans Ende, wo Vittorio gesessen hatte, der Tessiner, den sie den ‹Italiener› nannten, ein Dribbelkünstler und Durchbeisser, einen Kopf kleiner als Koller. Bei Vittorio war er stehen geblieben, hatte ihm aufmunternd auf die Schulter geklopft und ihn auf den Platz geschickt. Und Harry Koller war sitzen geblieben, nicht eingesetzt, übergangen. Es war der Anfang vom Ende seiner Fussballkarriere gewesen. Genau so fühlte sich Koller jetzt. An ihm vorbei hatte Steiner Raffina ins Rennen geschickt. Das Spiel war aus. Und er war endgültig draussen.

Aus dem Hörer, der in Kollers Hand regelrecht vibrierte, drang Steiners Stimme, jetzt weniger ungehalten: «Sind Sie noch da?»

Koller sagte nichts.

«Übrigens, dieser Raffina hat Überblick bewiesen, saubere Arbeit, guter Mann. Ab sofort arbeite ich direkt mit ihm zusammen. Tut mir Leid, Koller, Sie hatten Ihre Chance, meine Unterstützung dazu, aber Sie sind ja nicht auf den Punkt gekommen.»

Koller umklammerte den Telefonhörer, dass der Kunststoff knackte, biss die Zähne aufeinander, dass es knirschte, in seiner Seele loderte der Zorn hoch, den Hilflosigkeit erstickte wie eine alte, löchrige Wolldecke Flammen. «Der Obduktionsbericht ...», sagte Koller matt.

«Da erwarten Sie mal nicht zu viel», schnitt ihm Steiner das Wort ab.

Im selben Moment kam Koller der Verdacht, dass Steiner das Ergebnis der Obduktion längst kannte. Dass *er* hinter der Verzögerungstaktik von Schnyder und Schmidt-Messerli steckte.

«Sagen Sie Raffina, er soll mich umgehend zurückrufen!»

Ein Knacken in der Leitung, Steiner hatte aufgelegt.

Es klopfte, und ohne ein ‹Herein› abzuwarten, stand Raffina in der Tür, völlig erschöpft, die Krawatte war gelockert und hing schief um den Hals, der Hemdkragen stand offen, die Tränensäcke waren gross wie Adlernester. «Ich hab was», sagte er heiser.

Koller wand sich zwischen Neugier, Hass und Gleichgültigkeit.

«Auf der Meldeliste des hiesigen Verkehrsvereins», sagte Raffina atemlos.

In seinem Büro klingelte das Telefon. Er wollte hinübergehen.

«Sie bleiben hier!», schrie Koller.

Raffina zuckte zusammen.

«Also, was ist mit der Meldeliste?», fragte Koller scharf.

«P. Shannon, die Daten passen. Britische Staatsangehörigkeit, seit zehn Tagen gemeldet. Eine Ferienwohnung in Müstair an der Hauptstrasse. Da sind wir jeden Tag vorbeigefahren.»

Das Telefon schellte noch immer. Raffina hob den Finger, deutete in sein Büro, war im Begriff, sich umzudrehen, als das Läuten aufhörte.

Koller im Befehlston: «Fahren Sie sofort hin, Person überprüfen, dalli! Ich komme nach.»

Raffina wollte etwas sagen.

«Und jetzt raus!», brüllte Koller, die Stimme eine nagelgespickte Peitsche, mit der einer besinnungslos um sich schlägt.

Bevor Koller in seinen inneren Abgrund stürzte, hörte er, wie Raffina das Haus verliess und den Wagen startete. Er hörte das Telefon, das abwechselnd in seinem und in Raffinas Büro Sturm läutete. Und er hörte das Surren des Faxgerätes.

Eva und Philomena. Suchen und finden

Während der Himmel wie blaue Seide über Müstair lag, zählte Philomena die letzten Schritte bis zu ihrem Haus. Stieg die Treppe hinauf, drehte den Schlüssel im Schloss, war froh über das Halbdunkel in der leeren Wohnung. Der schwere Duft von Arvenholz. Das Ächzen der alten Bodenbretter. Das falsche Licht vor den Fenstern. Der braune Mantel sackte über die Stuhllehne neben dem gepackten Koffer.

Die Bilder waren ein Sturm in ihrem Kopf. Tobten hinter den Augen, liessen nicht nach, die Worte peitschten immer neue Bilder auf, nein, dieselben Bilder, immer und immer wieder. Keine Opferkerze konnte etwas aufhalten, kein Gebet konnte sie mehr retten, keine Begegnung konnte etwas mildern.

Es war Anfang März. Es war Anfang Oktober. Zehn Briefseiten, übersät mit Wörtern, aus denen die Wahrheit rann wie Sekret aus einer Entzündung. Das fiebrige Protokoll einer Augenzeugin. 10. Oktober 1963. Was damals geschah, war in gnadenlosen Bildern wieder auferstanden. Das Auf und Ab des kleinen Boots im aufgewühlten See. Zwei Männer, die streiten, die heftig gestikulieren, aufeinander losgehen. Plötzlich nimmt einer ein Ruder, richtet es auf den anderen, stösst ihn über Bord, hindert ihn, zurück ins Boot zu kommen, schüttelt die Hand immer wieder ab, die aus dem Wasser aufschiesst, um sich an das Ruder zu klammern, schlägt mit dem Ruderblatt aufs Wasser, drückt den Kopf immer wieder unter Wasser. So lange, bis kein Kopf und keine Hand mehr auftauchen. Bis der eine verschwunden ist. Bis der Mann im Boot das Ruder weit über Bord schleudert, seine Mordwaffe im hohen Bogen wegwirft, triumphierend vor Wut. Anfang Oktober. Anfang März.

Was waren diese Zeilen wert? Sie waren gut für eine armselige Sühne, mehr nicht. Was zu tun war, war getan. Der Koffer war gepackt. Nur die Zeichnung hing noch an der Wand, die Schatulle mit den Briefen stand noch auf dem Tisch, die Kerze und die Streichhölzer. Das Foto war in der Manteltasche.

Der Himmel vor dem Fenster hatte die Farbe eines leeren Wartesaals. Sie würde nicht vor Einbruch der Dämmerung gehen. Philomena setzte sich wieder auf ihren Stuhl. Unter der Schädeldecke pochten Bilder von Sturm und Totschlag.

Ein schriller Ton zerschnitt den Raum. Eine Glocke. Laut und drängend. Endlich eine Alarmglocke, die geschlagen wird, um Hans zu retten. Anfang Oktober. Anfang März. Philomena schreckte auf. Es läutete noch einmal.

Es war die Glocke an ihrer Tür.

Es war die junge Frau mit dem Fotoapparat.

«Hallo, Sie sind es.» Ein verhaltenes Lächeln, eingeklammert von grauen Haaren. Keine Hand, die Eva entgegenkam.

«Guten Tag, … ich war schon einmal hier …»

«Ja?»

Eng beieinander liegende Augen von einem unergründlichen Dunkelblau. Sie liessen etwas in Eva zerbrechen oder besser: schmelzen. Und alles, was sie diese Frau hatte fragen wollen, alle Ängste und Mutmassungen waren vergessen, wie man die Kälte vergisst, wenn es warm ist, wie man den Hunger vergisst, wenn man zu essen hat, wie man das Fragen vergisst, wenn etwas gewiss ist. Eva sagte: «Ich wollte mich bei Ihnen entschuldigen wegen gestern ..., weil ich nicht ins Museum zurückgekommen bin ..., ich hatte überraschend Besuch, und es war mir unmöglich ...»

«Schon gut», sagte Philomena, und Eva wusste nicht weiter.

Irgendwo schlugen Tropfen auf Blech, trommelnd, ungeduldig.

Philomena strich sich eine Strähne hinters Ohr, sah Eva fragend an, lächelte wie aus der Ferne, die Hand an der Türklinke.

«Darf ich ...», begann Eva, «... kann ich Sie etwas fragen?»

Sie standen sich in der Haustür gegenüber, Eva auf der einen, Philomena auf der anderen Seite der Schwelle.

«Fragen Sie nur.»

«Ich habe Bilder von Ihnen gesehen. In einer Theaterzeitschrift.»

Philomenas Blick flackerte.

«Als Salome.»

«Das ist lange her.»

«Und als Jochanaan ... Lorenz Eppacher ...»

Ein leichtes Zucken, eine Haarsträhne, die ihr vors Gesicht rutschte, es halb verdeckte, verbarg, was dahinter vorging.

«... der Mann, der auf dem Kirchendachboden zu Tode kam, kurz nachdem er ...»

Auf der Strasse heulte ein Motor auf und fuhr Eva ins Wort.

«... und Sie die Kirche verlassen hatten. Das war doch kein ... Zufall?»

Der Satz blieb in der Luft hängen, er klang wie eine flehentliche Bitte, dass alles ganz anders war.

Philomena stand ungerührt, schwieg.

Bis Eva das Schweigen nicht mehr aushielt: «Ich habe der Polizei gesagt, es sei niemand in der Kirche gewesen, nachdem Lorenz Eppacher sie verlassen hatte.» Erst jetzt begann Evas Stimme zu zittern: «Ich habe für Sie gelogen, und ich weiss nicht, warum, und ...»

Philomenas Hand glitt von der Türklinke wie ein aufgescheuchtes Reh, sie strich sich die Strähne aus dem Gesicht, sah Eva unverhohlen an: «Lorenz hat den Tod verdient.» Sie sagte diese Worte, die nichts anderes waren als ein Geständnis, sanft und bestimmt, und der Klang ihrer Stimme wickelte Evas Schrecken in warme Tücher ein.

«Kommen Sie ..., ich kenne noch nicht einmal Ihren Namen», sagte Philomena.

«Eva Fendt.»

«Kommen Sie herein, Eva.»

Es klang wie der Beginn einer Klärung, wie die Andeutung eines Versprechens, dass alles gut wird. Und wieder waren alle Fragen verebbt, waren lächerliche Rinnen im Sand, die mit jeder Welle flacher wurden und schliesslich verschwanden. Was blieb, war das erregende Gefühl eines Anfangs, eine schmerzliche Gespanntheit.

Der süsse Duft von Arvenholz. Ein Raum wie ein unmöbliertes Leben. Es war das Zimmer, in dem Eva Philomena am Vorabend heimlich beobachtet, in dem sie Philomena vorhin vergeblich gesucht hatte. Grobe Bodenbretter ächzten unter den Schritten. Durch das Südfenster fiel ein breiter Lichtstrahl, schnitt eine Kerbe in den Raum. Auf dem Boden streifte er den Koffer und die Reisetasche. Die Dinge auf dem Tisch waren unverändert. Über einem Stuhl hing der braune Mantel. Salomes Kleid, dachte Eva.

Philomena bedeutete Eva, sich zu setzen. «Dann werde ich also meine Geschichte erzählen.» Philomena stand zwei Schritte hinter dem Tisch, mit dem Rücken zur Wand, auf die Stuhllehne gestützt. Sie sah zum Fenster. Schwieg, als würde sie weit ausholen, sagte endlich: «Es ist bald vierzig Jahre her, als ich zum ersten Mal hier war. Ende August. Hans wollte mir die Müstairer Salome zeigen. Er studierte Kunstgeschichte und entwarf die Bühnenbilder für unser junges Theater, wo wir Oscar Wilde's ‹Salome› probten. Meine erste grosse Rolle. Drei Tage lang waren wir in Müstair, verbrachten Stunden in der Kirche vor den Wandmalereien. Der seltsame Tanz der Salome hatte es uns besonders angetan. Hans zeichnete wie besessen. Hans. Meine grosse Liebe.» Ein Lächeln huschte über Philomenas Gesicht. Und unvermittelt erlosch es wieder. «Lorenz Eppacher hat alles zerstört.» Ihre Stimme tonlos, das Gesicht ein grauer Stein, die Augen zwei schwarze Flecken. «Lorenz machte mir den Hof, schlich um mich herum, obwohl er wusste, dass Hans und ich uns liebten, dass wir heiraten wollten, oder vielleicht gerade deshalb. Und eines Tages überredete er Hans zu einer Bootsfahrt, es war ein stürmischer Nachmittag, Anfang Oktober, ein Irrsinn, auf den See hinauszufahren. Ich flehte Hans an, es nicht zu tun, doch er liess sich nicht davon abbringen. Lorenz und er müssten sich aussprechen, sagte er, sie müssten etwas klären, ein für allemal, ich solle mir keine Sorgen machen.» Philomena ging zum Fenster, sah hinaus, als hielte sie Ausschau, drehte sich um, das Sonnenlicht glitt ihr wie ein Umhang von den Schultern, sie ging vor dem Fenster auf und ab, eine nervöse Wartende. Das Licht fiel herein wie von einem Leuchtturm. Anfang Oktober. Anfang März. Die Bodenbretter ächzten. «Es war schon dunkel, als Lorenz zurückkam. Lorenz allein. ‹Wo ist Hans?›, fragte ich. Keine Antwort. ‹Hattet ihr Streit?›, fragte ich. Er sagte nur ‹wieso Streit?›» Philomena schüttelte ungläubig den Kopf. «Was für eine unsinnige Frage!» Sie blieb vor dem Fenster stehen, legte eine Hand an die Wand, starrte hinaus. «Angeblich war Hans über Bord gestürzt und ertrunken, Hans, der ein ausgezeichneter Schwimmer war… Er wurde nicht gefunden, bis heute nicht. Es gibt Tiefen in diesem See, die behalten ihre Toten für immer. Ich konnte Hans nicht einmal begraben, hatte keinen Ort für meine Trauer.» Ihre Stimme wurde schärfer, Ungläubigkeit spitzte sie zu: «Angeblich hatte Lorenz alles versucht, ihn zu retten. Angeblich verzehrte er sich vor Schuldgefühlen. Er erklärte mir seine Liebe, schwor mir ewige Treue, wollte alles für mich tun.» Philomena bebte vor Empörung: «Beim Polizeiverhör spielte er den tragischen Helden, der beim Versuch, den Freund zu retten, gescheitert war und dabei selbst beinahe ertrunken wäre. Es gab keinen Leichnam, es gab keine Zeugen, es gab keine Hinweise auf ein Verbrechen, alles was es gab, war die Aussage von Lorenz.» Mit einer wegwerfenden Geste sagte sie: «Die Ermittlungen wurden eingestellt, Lorenz Eppacher wurde in keiner Weise belangt.»

Philomenas Blick driftete davon, verdunkelte sich wie die Welt am Rand der Nacht, bis etwas darin aufflackerte, ein schwarzer Funke. «Ich habe ihm nie geglaubt. Ich sagte ihm ins Gesicht, dass er Hans ermordet hatte, aus Eifersucht, aus Habgier.» Trotz schliff ihre Stimme scharf. «Ich sollte Recht behalten. Nach so vielen Jahren kam endlich die Wahrheit ans Licht. Und ein gemeiner, niederträchtiger Mord schrie nach Vergeltung.» Philomena hob die Arme, liess sie fallen, klammerte sich an die Stuhllehne, wo der braune Mantel hing. Salomes Kleid. «Er hätte durch das Schwert sterben sollen. Das wäre der angemessene Tod für ihn gewesen!» Philomena sah mit kalten, leeren Augen an Eva vorbei. Sie öffnete die Hände in einer Geste der Vergeblichkeit, schüttelte langsam den Kopf, hinter der Haarsträhne ihre erstickte Stimme: «Lorenz ist tot. Ja. Und nichts ist erträglicher geworden.»

Mit sengender Plötzlichkeit wurde Eva bewusst, was hier geschah. Ihre schlimmsten Befürchtungen hatten sich bestätigt. Was Philomena da sagte – was war das anderes als ein Schuldbekenntnis? Davonlaufen. Aufstehen und gehen, war Evas erster Impuls. Doch da war noch etwas anderes, und das hielt sie zurück. Sie schaute zu Philomena hinüber, dachte: Sieht so eine Mörderin aus? Ein Bild des Elends, der traurigste Mensch, dem sie je begegnet war. Und so blieb Eva sitzen, zitternd vor Anspannung.

Philomena stand reglos neben ihrem Stuhl. Die Hände hingen schlaff an ihrem Körper, als gehörten sie nicht zu ihr. Zwei tote Tauben.

Ein plötzliches Verlangen nach ihrer Kamera überkam Eva. Das dringende Bedürfnis, ein Objektiv zwischen sich und dieser rätselhaften Frau zu haben. Zum Schutz und aus Neugier. Sie wollte endlich herauszoomen, bannen, festhalten, was da war.

Sonnenlicht flutete den Boden, lief in die breiten Ritzen zwischen den Brettern, schwappte um die Füsse einer Kommode. Evas Blick irrte umher, suchte Ablenkung, blieb an einem ungerahmten Bild hängen, das mit zwei Reisszwecken festgemacht war. Eine Zeichnung. Unverkennbar und doch fremd. Eva wollte hinübergehen und das Bild aus der Nähe betrachten, zögerte. Sah zu Philomena, die immer noch reglos stand, sie jetzt mit unverhohlener Aufmerksamkeit betrachtete. Sie wunderte sich über den offenen Blick, er war freundlich, schien einer Frage nachzuhängen. Eva stand von ihrem Stuhl auf, ging um den Tisch herum, blieb vor dem Bild stehen. Sah es an, bis ihr Blick verschwamm, bis sie endlich verstand. Es war die tanzende Gauklerin, um 180 Grad gedreht, die Gauklerin, die nicht stürzte, sondern jubelte, die Arme hochgerissen, die Hände erhoben, die überlangen Ärmel und Haare hoch aufliegend. Ein grotesker Freudensprung, eine pervertierte Geste des Triumphs, dachte Eva. Sie wich zurück, konnte den Blick nicht von dem Bild lassen. Ihr war heiss vor Entsetzen, sie nahm den Schal ab, spürte die Sonne im Nacken.

Hinter ihr das Ächzen der Bodenbretter.

Sie drehte sich erschrocken um, Philomena sass auf dem Stuhl mit dem braunen Mantel im hellen Licht, ihre Haare wie überbelichtetes Silber. Neben dem Stuhl auf dem Boden lag das Foto mit dem gezackten Rand, die Bildseite nach unten.

Eva trat zwei Schritte zurück, drehte sich zur Tür und verliess wortlos das Haus. Taumelte in die Seitengasse, ging auf der Risskante zwischen Licht und Schatten, überall tropfte es, die Zeit lief glucksend davon. Eva sehnte sich danach, in ihrem Auto zu sitzen und endlich wegzukommen, von hier wegzukommen, alles hinter sich zu lassen, die Geheimnisse Geheimnisse sein zu lassen, sei's drum, mein Gott, was tu ich hier eigentlich noch. Ein Tropfen fiel ihr in den Nacken, rann den Rücken hinunter, sie schüttelte sich, schüttelte etwas ab und machte im selben Moment auf der Fusssohle kehrt, ging durch die Gasse zurück, der blaue Himmel darüber war zum Zerreissen gespannt.

Vor Philomenas Haus stand ein Polizeiwagen.

Neuigkeiten für Ida Prezios

«Hast du schon gehört?» Es war Cherubina, die in den Telefonhörer schrie.

Wollte sie sicher zum Geburtstag einladen, obwohl sie das schon dreimal getan hatte, zuletzt gestern nach der Messe. Wird auch immer vergesslicher, die Gute, und das mit noch nicht mal fünfundsiebzig, dachte Ida Prezios, die auf die achtzig zuging.

«Du hast es schon mehrmals gesagt, zuletzt gestern», bemerkte Ida Prezios spitz.

«Sicher nicht!», gab Cherubina beleidigt zurück, «hab es ja selbst eben erst erfahren.»

Ida Prezios wurde hellhörig.

«Aha.»

«Siehst du.»

«Also, was gibt's Neues?»

Cherubina hatte wieder alle Trümpfe in der Hand und kostete sie genüsslich aus.

«Du weisst es also noch nicht?»

«Was denn? Nun sag schon!»

«Dein verehrter Herr Andermatt ...»

Ida Prezios erschrak. Sollte Cherubina Urs und Eva etwa schon zusammen gesehen haben und mehr über die romantische Geschichte wissen als sie selbst? Schliesslich ging Cherubina im Gasthaus ein und aus, und da wurde immer viel getratscht.

«Was ist mit ihm?»

«Der feine Herr, den man oft so charmant mit jungen Damen plaudern sieht ...»

«Nun?»

«... wurde mehrfach im Gasthaus mit deiner Fotografin aus der Stadt gesehen.»

«Ja», sagte Ida Prezios und lächelte: «Sind sie nicht ein schönes Paar? Wie füreinander geschaffen.»

«Du lebst aber wirklich hinterm Mond, Ida, bist halt auch nicht mehr die Jüngste.»

Ida Prezios zuckte zusammen. Was war denn geschehen, ohne dass sie es mitbekommen hatte?

«Er hat doch auch schon bei dir gewohnt, also solltest du es eigentlich wissen.»

«Er war ein sehr angenehmer Gast, anständig und zuvorkommend.»

«Nun, Ida, wenn du das gewusst hättest, würdest du nicht so von dem schönen Paar schwärmen, und von Herrn Andermatt schon gar nicht.»

«Also, nun sag schon, was passiert ist.»

Endlich liess Cherubina die Bombe platzen: «Nichts ist passiert, ausser dass dein feiner Herr Andermatt verheiratet ist und zwei Kinder hat.»

«Aber er trägt doch gar keinen Ring!», protestierte Ida Prezios und sank auf einen Stuhl.

«Das heisst doch heutzutage nichts mehr. Mein Neffe trägt auch keinen und ... Ida, bist du noch da?», rief Cherubina.

«Als er bei mir wohnte, war er noch nicht verheiratet.»

«Das ist ja lange her, und so oft kommt er dich nun auch wieder nicht besuchen, oder?»

«Nun ja, eigentlich nicht», sagte Ida Prezios kleinlaut. Und nach einer Pause: «Das hätte ich nie von ihm gedacht. So wie er Frau Fendt den Hof machte. Das kann ich ja wirklich kaum glauben, nein so etwas.» Ida Prezios schüttelte unablässig den Kopf, sie konnte gar nicht mehr damit aufhören vor stiller Empörung.

Als sie aufgelegt hatte, schlurfte sie an ihren Ofentisch zurück. Sie war einigermassen enttäuscht von Urs Andermatt, beinahe beleidigt. Sie wären so ein schönes Paar gewesen, Eva Fendt und er. Und sie hatte sich so auf die Hochzeit gefreut. Ida Prezios schaute auf die Wanduhr und erschrak. Jetzt hatte sie den Anfang der Glückwunschsendung im Radio verpasst! Mit der Leopardenuhr wäre ihr das nicht passiert.

Raffina und Philomenas Geschichte

Raffina stand vor der Tür der Gesuchten, und ihm war gar nicht wohl bei dem Gedanken, womöglich gleich einer Mörderin gegenüberzutreten. Er zupfte die Ärmel seiner Uniformjacke zurecht, räusperte sich und klingelte.

Er hatte die Frau schon im Dorf gesehen und in der Kirche bei der Kommunion. Das beruhigte ihn ein wenig.

Philomena Shannon, geborene Durnwald.

Sie sassen am Tisch in dem karg möblierten Raum, Raffina hatte sein Notizbuch aufgeschlagen, und jenseits eines Polizeiverhörs erzählte Philomena freimütig ihre Geschichte. Von ihrer grossen Liebe, ihrem Erfolg als Salome, von Lorenz Eppachers Aufdringlichkeit und von jenem Abend im Oktober. Sie erzählte, wie sie nach Hans' Tod den Boden unter den Füssen verlor, nicht mehr spielen konnte. Wie sie nicht mehr leben wollte, als ihr das Einzige, was ihr von Hans geblieben war, genommen wurde. Wie sie floh, von Stadt zu Stadt, nirgendwo lange blieb, in England heiratete, aber auch dort nicht lange blieb. Wie sie all die Jahre wartete, insgeheim darauf wartete, dass man Hans' Leichnam doch noch finden würde und den Mord nachweisen könnte. «Ich wartete vergeblich. Diese Nachricht kam nicht», sagte sie, «dafür kam eine andere. Ende letzten Jahres erreichte mich ein Brief. Ein Brief von Lorenz' erster Frau, seiner damaligen Freundin, die ihn unbedingt heiraten wollte. Doch Lorenz machte *mir* den Hof, ohne Rücksicht auf sie und ohne Rücksicht darauf, dass ich mit Hans verlobt war.» Philomena öffnete die Schatulle, die vor ihr stand, nahm den obersten Brief heraus, einen dicken Umschlag, und behielt ihn in der Hand. «An jenem Abend im Oktober war sie Lorenz heimlich gefolgt, weil sie ihn verdächtigte, sich mit mir zu treffen. Und dann beobachtete sie vom Ufer aus, was in dem Boot geschah. Sie wurde Zeugin der niederträchtigen Tat! Doch sie schwieg. Sie ging nicht zur Polizei. Sie nutzte ihr Wissen, um Lorenz an sich zu binden, sie erpresste ihn. Sie rang ihm die Heirat ab für das Versprechen, zu schweigen. Über so einer Ehe kann kein Segen sein! Lorenz hatte wohl immer wieder Frauengeschichten, zuletzt liess er sich scheiden, um eine wesentlich jüngere Schauspielerin zu heiraten. Doch nicht die Scheidung, sondern erst eine schwere Krankheit und der nahe Tod brachten seine erste Frau dazu, ihr Schweigen zu brechen. Wieder ging sie nicht zur Polizei, sondern machte meine Adresse ausfindig und schrieb mir diesen Brief.» Philomena öffnete den Umschlag, nahm ein dickes Bündel Seiten heraus und schob es Raffina hin. Sie stand auf, blieb neben ihrem Stuhl mit dem braunen Mantel stehen, stützte sich auf die Lehne, schwankte leicht. «Seit ich diese Zeilen zum ersten Mal gelesen habe, seit ich weiss, was damals wirklich geschah, haben mich die schrecklichen Bilder nicht mehr losgelassen. Sie haben die alten Wunden wieder aufgerissen, und ich konnte nicht anders, ich musste mit diesem Wissen zu Lorenz gehen. Nicht zur Polizei, sondern zu dem, der seit fast vierzig Jahren mit dieser Schuld lebt. Ich bat ihn, nach Müstair zu kommen. Ich schrieb meine Geschichte auf, das hat mein Herz ein wenig erleichtert. Er sollte wissen, dass er mein Leben zerstört hat, er sollte wissen, dass seine Lügen aufgeflogen waren, dass ich Beweise hatte für die Wahrheit.» Philomena setzte sich wieder, wie erschöpft. «Ich hinterlegte den Brief in der Gnadenkapelle. Lorenz kam in die Kirche, er sah mich nicht neben meiner Säule, und ich gab mich nicht zu erkennen. Ich hörte, wie er den Briefumschlag aufriss, ich hörte das Rascheln des Papiers, ich hörte seinen Atem schwerer werden, ich konnte sein Entsetzen spüren, er schien wie ausser sich, als er davonlief, als er die Kirche verliess.»

Philomena, die bisher an Raffina vorbei ins Leere gestarrt hatte, schaute den Polizisten zum ersten Mal an. «Was Lorenz dann machte, wohin er ging, wie er auf den Kirchendachboden geriet, und was dort geschah, weiss ich nicht.» Sie hielt inne und senkte den Blick, schüttelte langsam und ungläubig den Kopf. «Nein, sein Tod hat mich nicht erleichtert. Er hat nichts wieder gut gemacht.» Ihre Stimme wurde schärfer, und sie schaute Raffina offen in die Augen. «Ich kann ihn aber auch nicht bedauern. Lorenz Eppacher hat seine Schuld gesühnt. Gottes Wille ist geschehen.»

Raffina fragte: «Wann haben Sie die Kirche verlassen?»

«Kurz nach Lorenz, keine Viertelstunde später.»

«Wann war das genau, ich meine, um wieviel Uhr?»

«Das weiss ich nicht mehr!»

Raffina machte Notizen.

«Und wohin sind Sie dann gegangen?»

«Hierher. In die Wohnung.»

«Sind Sie unterwegs vielleicht jemandem begegnet, der das bezeugen könnte?»

«Ich glaube, der Wirt des Gasthauses hat mich gesehen, er stand vor der Tür.»

Raffina blätterte sein Notizbuch um, er war auf der letzten Seite angekommen.

«Warum gerade Müstair?», fragte er.

«Weil hier meine Liebe zu Hans begann. Hier in der Kirche, im Anblick des Salome-Freskos. Und weil die Salome auch Lorenz Eppacher und mich verband. Und trennte. Deshalb wollte ich diese Geschichte hier abschliessen. Hier in Müstair.»

Diese Frau ist keine Mörderin, dachte Raffina, wusste aber, dass Steiner einen vollständigen Bericht erwartete. Also zeigte er Philomena die aufgeklebten Kartenschnipsel. «Haben Sie diese Karte geschrieben?»

Philomena nickte. «Sie war in dem Brief an Lorenz.»

«Was stand auf der Karte?»

Philomena schwieg und schrieb den Satz in Raffinas Notizbuch: ‹Gebt mir das Haupt des Jochanaan.›

«Was wollten Sie Lorenz Eppacher damit sagen?»

«Dass er den Tod verdient hatte und endlich Busse tun sollte.»

«Und ‹lome› ist Teil von ‹Salome›, der Figur in Wilde's Stück, die diesen Satz sagt.»

Philomena sah Raffina fragend an und nickte dann zögernd.

«Bitte halten Sie sich zu unserer Verfügung, bis wir Ihre Aussagen überprüft haben und die Ursache von Lorenz Eppachers Tod geklärt ist.»

Philomena schaute zu ihrem Gepäck auf dem Boden.

Raffina folgte ihrem Blick. «Sie wollen abreisen?»

«Ja.»

«Wie gesagt, ich muss Sie bitten, unsere Ermittlungen abzuwarten, aber ich denke, es wird alles rasch geklärt sein.»

Als Raffina aufstand, sagte Philomena: «Nehmen Sie den Brief mit, bitte.» Sie schaute ihn eindringlich an. «Ich muss endlich aufhören, immer wieder darin zu lesen.»

Raffina verliess Philomena Shannon mit einer Mischung aus Mitleid und Furcht. Mitleid für ihren Schmerz und Furcht vor dem Ausmass ihrer Gebrochenheit. Und da war noch etwas anderes, aber das konnte er nicht deuten. Er atmete tief durch, als er wieder im Licht dieses Vorfrühlingstages stand. Die leere Wohnung mit ihren groben Bodenbrettern kam ihm vor wie die unbeleuchtete Bühne einer antiken Tragödie. In der ganzen Geschichte lag eine tiefere Gerechtigkeit, eine Gerechtigkeit, an die polizeiliche Ermittlungen nicht heranreichten. Er hoffte, dass der Obduktionsbericht Philomena endgültig freisprechen würde. Und er war froh, dass Koller nicht gekommen war.

Koller und der Obduktionsbericht

Koller hob den Kopf vom Schreibtisch, ihm war schwindlig. Raffinas Tür stand offen, das Büro war leer. Zwanzig nach eins. Jetzt wusste er wieder: Raffina war zur Verdächtigen nach Müstair gefahren. Ah ja, er hätte Steiner zurückrufen sollen, aber das hatte Koller ihm tunlichst verschwiegen. Er rieb sich die Hände, freute sich, dass er diesem elenden Streber, diesem aufgeblasenen Hinterwäldler eins auswischen konnte. Und Steiner hatte er am Telefon auch sauber ausgebremst. Kollers Hände waren schweissnass. Er sprang auf, schwankte. Hatte er nicht das Fax surren hören? Er ging zum Gerät hinüber, und tatsächlich. Er nahm die sechs Seiten heraus. Auf dem Deckblatt stand: ‹Werter Koller, anbei das Obduktionsergebnis Lorenz Eppacher. Es war ein Ritt auf der Klinge. Hoffe, Sie wissen das zu schätzen. Freundliche Grüsse, Schmidt-Messerli. P. S. Mein Beileid, dass Ihr FC draussen ist.›

«Na warte, Messerli, diese Stichelei ist definitiv deine letzte», sagte Koller, würgte den Zorn hinunter und schüttelte sich, um zur Besinnung zu kommen. Er wollte um sich treten, konnte nicht, fühlte sich schwach, fühlte sich alt. Es war vorbei. Er hatte seine Chance vertan, hatte es wieder nicht geschafft, hatte einen anderen an sich vorbeiziehen lassen, wie damals, wie immer … ‹Nein!›, schrie etwas in ihm laut. Er hob die Hand und knallte das Fax auf den Schreibtisch. Die dünnen Seiten verhöhnten ihn mit ihrem mageren Rascheln und lächerlichen Windchen, er hätte einen richtigen Knall gebraucht, ein ohrenbetäubendes Krachen, einen Schuss, der etwas freisetzte. Er wollte doch nur endlich Aufmerksamkeit, wollte ein Mal im Rampenlicht stehen, wollte, dass über ihn gesprochen wurde, wollte etwas beweisen. Der Bericht aus der Pathologie war seine letzte Chance. Wenn er nun doch recht hätte? Wenn es nun doch Mord war und diese Seiten den entscheidenden Hinweis lieferten? Dann würde er die Verdächtige mit wehenden Fahnen festnehmen.

Koller begann, hektisch im Büro hin und her zu laufen, die Hände auf dem Rücken wie ein General vor der Schlacht. Er reckte das Kinn, bot seinen Feinden die Stirn. Er würde die Presse anrufen und dafür sorgen, dass es Bilder geben würde. Viel lieber wäre ihm ja das Fernsehen, aber bis ein Kamerateam in diesem abgelegenen Tal einträfe, wäre Abend … Er würde diesen Fall triumphal abschliessen, er wäre der Höhepunkt seiner Karriere, danach könnte er abtreten. Was ging ihn Steiner an? Was ging ihn Raffina an? Was dieser vertrackte Fall? Alles, was ihn interessierte, war sein Triumph. Er wollte endlich seine Entschädigung für all die demütigenden Jahre auf der Ersatzbank seit damals der Trainer an ihm vorbeigegangen war, um den kleinen Italiener ins Spiel zu schicken.

Koller blieb abrupt vor dem Schreibtisch stehen. Der Obduktionsbericht! Sechs alles entscheidende Seiten. Er atmete tief durch. Alle Augen waren auf ihn gerichtet. Alle Hoffnungen ruhten auf ihm. Ein Elfmeterschütze, der den Ball auf die Marke setzt, sich rückwärts wegbewegt, um Anlauf zu nehmen, den eiskalten Blick auf den Gegner im Tor gerichtet, nur der Pfiff des Schiedsrichters trennt ihn noch von der Vollstreckung.

Koller war ein fanatischer Anhänger effektvoller Dramaturgie. Ein Showdown musste perfekt sein. Und so genoss er die Qual des Wartens gewissermassen, denn er wusste, die Erlösung würde unbeschreiblich sein. Der Augenblick, wenn der Ball im Netz ist und das Stadion kocht. Er wartete nur auf den Pfiff. Die Beweise für seine Mordtheorie lagen vor ihm. Doch er wollte die Qual des Wartens ganz auskosten! Er wollte dem Obduktionsbericht einen würdigen Rahmen schaffen. Und so machte er sich akribisch auf dem Schreibtisch zu schaffen. Er begann, die Stifte nach Art, Grösse und Farbe zu ordnen. Er probierte die Stempel aus, pong-zack, pong-zack, pong-zack, schob die Kaffeetasse zur Seite und sorgte für einen gemessenen Abstand der profanen Dinge zu dem einzig wichtigen Gegenstand in der Mitte des Tisches. Er legte einen Leuchtstift bereit und horchte auf das kalte Pochen in seiner Brust. Es war knisternd still im Büro. Im Stadion hätte man eine Feder zu Boden fallen hören. Koller suhlte sich in der Anspannung, dehnte sie noch weiter, begann im Kalender zu blättern, liess es aber gleich wieder sein, schliesslich hatte er alle Ligatermine des FC im Kopf, und die Pokaltermine konnte man jetzt ohnehin vergessen. Er lief ans Fenster, drehte sich um, betrachtete, lässig ans Fensterbrett gelehnt, das Fax gewissermassen aus der Ferne. Da lag der Ball, der Koller zum Helden machen oder vernichten würde. Entschlossen ging er zurück zum Schreibtisch, sah hinunter auf das Fax. Abzüglich Deckblatt fünf eng beschriebene Seiten. Er kannte Schmidt-Messerlis Gründlichkeit, seine gemeisselten Sätze, die hieb- und stichfeste Argumentation, die scharfen Schlüsse. Koller begann gegen seine Angst anzupfeifen, dachte sich Schlagzeilen aus. KOLLER SCHAUKELT ENDSPIELTRIUMPH SOUVERÄN NACH HAUSE. Er war bereit für den Erfolg, das ganze Programm, einschliesslich Blitzlichtgewitter, Pressekonferenzen, Interviews – alles, was ein Könner seines Fachs heute drauf haben musste, ein Held, ein Star. Koller hatte sich regelrecht Mut angesoffen mit seinen Phantasien, und so stürzte er sich endlich auf den Bericht. Er hob den Leuchtstift wie ein Pathologe das Seziermesser, riss das Deckblatt weg, liess den Stift herabschiessen und begann zu lesen. Er las mit angehaltenem Atem, klopfte einen rasenden Takt auf den Tisch, riss Seite um Seite weg, ohne auch nur eine einzige Stelle im Text zu markieren und schlug sich endlich die Hände vors Gesicht. KOLLER SCHIESST HAUSHOCH ÜBER DAS TOR.

Ursächlich für den Tod von Lorenz Eppacher war ein Genickbruch infolge Sturz auf eine Steinkante. Offenbar war Eppacher gestürzt, nachdem er mit dem Kopf gegen einen Querbalken im Kirchendachboden gestossen war. Darauf wiesen Schürfwunden an der Stirn sowie eine Gehirnerschütterung hin. Todeszeitpunkt: Freitag zwischen 17 und 18 Uhr. Die Schlussfolgerung des Obduktionsberichts lautete: ‹Selbstunfall mit Todesfolge. Ein Fremdverschulden ist auszuschliessen.›

Eva und das Geheimnis von Müstair

Später an diesem drängenden Frühlingstag packte Eva ihre Sachen. Versuchte die Bilder zu ordnen, die durch ihre Seele trieben. Der irre Blick von Lorenz Eppacher, als er aus der Kirche kam, Philomena, die hinterherschlich, das doppeldeutige Gesicht, ihr warmes Lächeln, das Foto mit dem gezackten Rand, der Polizeiwagen vor der Tür. Der Fall schien gelöst, doch für Eva war nichts geklärt, alles war offen geblieben. Was war es, das sie zu dieser geheimnisvollen Frau hinzog? Was wollte sie von ihr wissen?

Es ist nicht schwer, eine Schicht zu entfernen. Aber was dabei ans Licht kommt, ist nicht immer schön. Man meint, verlorene Kostbarkeiten wiederzuentdecken, der Welt nie Gesehenes zu enthüllen, und stösst doch nur auf Schadensgeschichten. Auf ein verwittertes, von Pickelhieben zerschlagenes, von Salz zerfressenes Stück Kirchenwand. Ein modriges, schwarzes Nichts. Und dafür hat man die intakte Schicht zerstört, sie liegt, in tausend Teile zerbrochen, am Boden.

Warum war Eva nach Müstair gekommen? Der klingende Name hatte sie angezogen, ja. Aber hatte sie allen Ernstes geglaubt, hier ihrem Geheimnis auf die Spur zu kommen? Heute Morgen, plötzlich im Anblick der Gauklerin mit ihrem flehenden Blick, hatte sie etwas verstanden. Was dieses unglückliche Geschöpf wirklich bewegte, war einzig und allein das Flehen um die Liebe ihrer Mutter, sie schrie förmlich nach dieser Liebe. Wie Eva, das Sterntalermädchen, das Waisenkind. Ihre alte, verschüttete Sehnsucht war wieder ausgebrochen, eine fiebrige Hoffnung. Als würde unter der romanischen Schicht die karolingische sichtbar, als käme eine alte Wahrheit endlich ans Licht. War das ihr Geheimnis von Müstair? Jetzt verstand Eva auch ihre Neugier, die drängende Anziehung, die diese geheimnisvolle Frau auf sie ausübte, und ihre wortlose Vertrautheit, als würden sie sich lange kennen. Mit einer unsinnigen Hoffnung war sie zu dieser Frau gegangen und hatte eine arme, verlorene Seele gefunden, eine gehetzte Rächerin, eine Mörderin, die ihre Tat noch nicht einmal bereute. Kann eine Suche schmerzlicher scheitern, kann eine Sehnsucht schlimmer zerbrechen? Wohl kaum. Eva konnte nur noch davonlaufen, das Tal so schnell wie möglich verlassen. «Das also war dein Müstair-Erlebnis, Eva Fendt», sagte sie laut zu sich selbst und schüttelte den Kopf. «Es hat nichts als dein Leben durcheinandergebracht.» Sie war einem unbestimmten Glitzern nachgelaufen und hatte das Naheliegende aus den Augen verloren. Sie hatte Thomas verloren, hatte seine Liebe weggeschlagen wie ein Stück wertlosen Putz.

Zum Glück fand Eva jede Menge Ablenkung in Form von Mailbox-Nachrichten, die beantwortet werden mussten. Sie rief Rick zurück und liess offen, ob sie zur Studioproduktion morgen zurück sein würde. Sie rief Kunden und Interessenten an und liess offen, wann sie wieder freie Termine anbieten könnte. Sie rief Thomas an und liess offen, wann sie ihre Sachen abholen würde, und ob überhaupt. Hier wie dort: Nichts war geklärt. Alles blieb in der Schwebe, schaute doppelgesichtig, schieläugig, halb enthüllt und halb verdeckt. Ein Wackelbild, die Welt.

Mit Taschen und Kamera beladen ging Eva in die Stube, wo Ida Prezios in ihren Hausschuhen mit Leopardenfellmaske am Fenster stand und nervös Ausschau hielt.

«Kindchen, Sie wollen doch nicht etwa schon abreisen?», fragte sie erschrocken und wurde unvermittelt mütterlich sanft: «Ist es wegen Herrn Andermatt, weil er, äh, weil er ...»

«Ich muss dringend zurück zur Arbeit, ich bin eigentlich schon viel zu lange hier», sagte Eva ungeduldig.

«Dann werden Sie beide sich gar nicht mehr wiedersehen?», sagte Ida Prezios mit bebender Stimme.

«Wie bitte?» Eva sah ihre Wirtin ungläubig an und stellte ihre Sachen ab.

Während Ida Prezios die Rechnung fertigmachte, dachte sie trotzig: Eigentlich sind die unerfüllten Liebesgeschichten doch die aufregendsten, und sie gehen nie zu Ende.

Sie seufzte.

Eva Fendt warf einen letzten Blick zum Gasthaus hinüber, zündete sich eine Zigarette an und bog ab in Richtung Ofenpass. Sie nahm ihre Fahrt wieder auf, die sie am Freitag unterbrochen hatte, um einen Kaffee zu trinken und ein paar Eindrücke von einem geheimnisvoll klingenden Ort mitzunehmen.

Philomena ging von ihrer Wohnung zur Hauptstrasse. Ihr Gang war leicht, beinahe mädchenhaft. Sie stellte ihr Gepäck ab, drehte sich nach dem Wagen um, der talaufwärts fuhr, erkannte Eva Fendt und winkte.

Eva sah Philomena Durnwald im Seitenspiegel, sie stand an der Strasse und winkte ihr lächelnd zu. Eva erschrak, verstand nicht, reagierte nicht, fuhr automatisch weiter, nach einer Kurve war Philomena verschwunden. In Evas Seele blieb ein Bild hängen, das Bild der Königin, die sich der Gauklerin zuwandte, die Mutter, die ihrer Tochter ein Zeichen gab, endlich das langersehnte Zeichen, die sie liebevoll anschaute, ihr zulächelte, die Hand erhoben, als würde sie Eva zu sich winken, die schöne Hand mit den langen, schlanken Fingern. Der milde Blick, der alles zu wissen schien. Nur keine Eile. Alles hat seine Zeit.

Im Rückspiegel versank das Kloster, verschwand das Dorf Müstair wie ein unruhiges Leuchten. Das Tal öffnete sich nach

Nordwesten, stieg in Stufen an. Berge wie hingeschobene Kulissen. Stellenweise war die Strasse eine einzige Pfütze, Schmelzwasser prasselte gegen den Wagenboden und spritzte hinter den Rädern hoch, eine Fontäne, ein durchsichtiger Fächer, der vielfarbig schillerte.

Aber wenn es wirklich Philomena Durnwald war, die Eva gesehen hatte, dann war sie gar nicht verhaftet worden, dann war sie frei, dann war sie gar keine Mörderin.

Ein Dorf wie eine verschworene Gemeinschaft, ineinander verwachsene Häuser, die Strasse manchmal so eng, dass keine zwei Autos aneinander vorbeikamen. Eva fuhr durch Neuland, ihr Lieblingsgebiet, nahm alles mit, was ihr in den Blick kam, herrliche vergängliche Bilder: Ein Restaurantschild, das über einer steilen Treppe schaukelte. Die Schlagzeile einer Boulevardzeitung. Die Benzinpreise als Zahlenreihe gegen den Himmel. Eingeritzte Wortfetzen an den Fassaden, Fabelwesen, die Wände hoch, lauter unentdeckte Geheimnisse.

Hatte Philomena nicht Gepäck bei sich gehabt? Das Gepäck, das Eva in der Stube hatte stehen sehen? Reiste sie ab? Sie war ja frei, konnte sich frei bewegen. Evas Herz pochte lauter.

Die langen Schatten der Markierungsstangen im Schnee. Schulkinder, die vom Bus nach Hause trotteten. Die Gelassenheit eines einsamen Bauernhofs. Die Sonne machte beinahe blind.

Und wenn Philomenas Winken wirklich sie gemeint hatte? Und wenn ihre Wärme im Museum doch etwas zu bedeuten hatte? Und wenn ihr Lächeln doch ein Zeichen war?

Das Tal stieg weiter an, die Dörfer wurden durchlässiger, die Häuser standen verstreuter. Dann dichter Tannenwald, Haarnadelkurven, Schatten, Verlorenheit. Die Strasse eine Schneise im Schnee.

Und wenn ihre Anziehung doch einen tieferen Grund hätte? Und wenn ihre Vertrautheit doch kein Zufall wäre? In Evas Seele stieg eine Freude auf, die sie seit ihren frühen Jahren nicht mehr gespürt hatte, eine tiefe Kinderfreude. ‹Geh deinem Geheimnis nach›, hatte Urs gesagt, ‹lass nicht locker›.

Der Gedanke wurde immer drängender, so drängend, dass Eva umkehren wollte. Doch der hohe Schnee am Strassenrand machte das Anhalten unmöglich. Erst kurz vor der Passhöhe gab es einen geräumten Parkplatz. Wenige Meter vor dem Ofenpass, dieser magischen Grenze, dieser letzten Schwelle, kehrte Eva um. Der Gedanke war unausweichlich, beinahe berauschend. Sie musste Philomena Durnwald unbedingt noch einmal treffen. Und sie durfte keine Zeit verlieren.

Kollers Abgang

Koller sah zum Fürchten aus, wie er mit wutverzerrtem Gesicht über der Schreibmaschine sass und mit zwei Fingern auf die Tasten einhieb. Der Raum dröhnte förmlich von seinem Zorn. Über den Boden verstreut lag ein halbes Dutzend Faxblätter. Koller schaute kurz auf, als Raffina hereinkam, warf ihm einen feindseligen Blick zu und hackte weiter. Er schrieb am Abschlussbericht zum Fall Lorenz Eppacher.

«Ich habe mit Philomena Shannon gesprochen», rief Raffina in den Lärm hinein.

Keine Reaktion.

«Sie ist entlastet.»

Koller schrieb unbeirrt weiter.

«Ich habe eine wichtige Zeugenaussage mitgebracht.» Raffina hielt den Brief hoch, den ihm Philomena Shannon überlassen hatte.

Koller verzog keine Miene.

«Ich habe ihr Alibi für die fragliche Zeit überprüft.»

«Halten Sie den Mund!», herrschte ihn Koller an.

Raffina erschrak. Er schluckte und fragte so neutral wie möglich: «Hat Steiner für mich angerufen?»

«Und wenn!», schrie Koller.

Raffina zuckte zusammen. Koller hatte etwas Teuflisches an sich.

Er schrieb weiter, stockte, hielt eine Taste mit gestrecktem Zeigefinger gedrückt, ballte die andere Hand zur Faust, schüttelte sich und hackte mit zwei Fingern weiter. Es klang wie Maschinengewehrfeuer.

Raffina hob die Faxblätter auf, sah, dass es der Obduktionsbericht war, hielt ihn hoch und wollte etwas sagen.

«Lassen Sie mich bloss mit diesen Machenschaften in Ruhe. Und jetzt raus!»

Raffina beeilte sich, in sein Büro zu kommen.

«Ihr steckt doch alle unter einer Decke!», schimpfte Koller hinterher.

Raffina hatte die Tür noch nicht zugemacht, als Koller im Kasernenton nach ihm schrie.

«Ist der Ofenpass wieder offen?» Unvermittelt sprach Koller in völlig normalem, beinahe mildem Ton, was Raffina noch mehr verwirrte. «Der ist wieder offen, ja», sagte er so ruhig wie möglich.

Raffina las den Obduktionsbericht, freute sich für Philomena Shannon und wollte sie gleich informieren. Da es in ihrer Wohnung kein Telefon gab, fuhr er kurzerhand noch einmal nach Müstair. Danach würde er gleich Steiner anrufen, um den Fall ordnungsgemäss zu Ende zu bringen. Den Fall Eppacher. Und den Fall Koller.

Als Raffina eine halbe Stunde später zurückkam, fand er Kollers Tür offen und das Büro verlassen. Auf dem Schreibtisch war eine Tasse umgefallen, Kaffee hatte sich in den Abschlussbericht ergossen, war über den Schreibtisch gelaufen, über den Rand getropft, auf dem Boden hatte sich eine Pfütze gebildet, die schwarz auf dem Linoleum stand. Auf dem obersten Blatt von Kollers Bericht klebte ein Zettel mit der Notiz: ‹Fertig machen!› Die Kugelschreiberbuchstaben waren scharfkantig von dem Zorn, mit dem Koller sie hingehauen hatte, das Ausrufezeichen klaffte als Riss im Papier. Raffina schauderte. Er ging in sein Büro, schloss die Tür hinter sich und rief Steiner an. Er berichtete über seine Ermittlungen, verschwieg grosszügig, dass er die Verdächtige nicht mehr angetroffen hatte, es tat ja nichts zur Sache. Zum Schluss sagte Raffina, er mache sich ernsthafte Sorgen um Koller. Steiner lachte und bemerkte trocken: «Ach der alte Spinner! Den werd ich mir mal zur Brust nehmen, wenn er wieder da ist.»

Koller jagte den Wagen die Passstrasse hinauf, drückte das Gaspedal durch bis zum Anschlag, bis der Motor brüllte, blieb auf dem Gas auch nach der Passhöhe, auch als es wieder bergab ging, fletschte die Zähne vor Irrsinn, sein Hass kochte über, eine Sicherung brannte durch, er fiel in ein wahnwitziges Lachen und riss das Lenkrad nach links, einmal kurz nach links, zack. Eine läppische Drehung aus dem Handgelenk, ein beiläufiger Schlenzer, im Fussball wäre es ein angeschnittener Ball gewesen, ein cooler kurzer Pass. Der Wagen brach durch die Leitplanke, und Koller grölte sich die Seele aus dem Leib, er stellte sich den Höllenlärm vor, den es beim Aufprall geben würde, die Explosion des randvollen Tanks, die Stichflamme, ein Fanal an alle, die ihn verkannt hatten, das Feuer, ein Zeichen an die ganze verdammte Welt. Endlich hatte er seine Schlagzeile. SPEKTAKULÄRER ABGANG. KOMMISSAR KOLLER BEENDET EINSATZ IM MÜNSTERTAL.

Die Mitte der Welt

Über dem Plaz Grond lag die stille Gespanntheit des frühen Nachmittags. Da und dort Schneereste wie Inseln auf dem Kopfsteinpflaster. Das helle Plätschern des Brunnens fiel von den Wänden zurück. Kleine Wellen Zeit. Im silbernen Wasser verschwammen die Fassaden mit ihren Sgraffito-Malereien und den tiefen Fenstern. Licht- und Schattentheater an der Klostermauer: die Kratzer der Jahrhunderte, die aufsteigenden Linien der Stromleitungen, hell angestrahlte Schilder. Auf den Dachfirsten hockten Alpendohlen, sammelten sich zum Rückflug in die eisigen Höhen, wo ihre Nester sind. Über allem der weite Himmel, blau wie ein Gnadenbild.

An besonderen Tagen im Jahr, wenn ein Konzert stattfindet oder ein Umzug oder eine Prozession, wird die Strasse gesperrt und der Verkehr umgeleitet. Dann ist der Plaz Grond für einige Stunden ein richtiger Dorfplatz. Eigentlich war heute so ein besonderer Tag, aber das wussten nur wenige Menschen, und die Polizei hatte anderes zu tun, als ihretwegen die Strasse zu sperren.

Die Gespanntheit über dem Platz war beinahe greifbar. Anfang März, und das Dorf rieb sich am Frühling, räkelte sich in der Sonne. Wärme strich um die Häuser wie eine junge Katze. Der Zauber war überall. Kein Zweifel, das Tal trieb auf neue Zeiten zu.

Denn solange bestimmte Achsen sich drehen, solange auf Naturgesetze Verlass ist, solange die Berge unverrückt stehen, solange das Kloster über der Welt schwebt und die Gauklerin nicht stürzt, solange der Wirt auf dem Plaz Grond nach dem Rechten sieht und Anna im Klosterhof, solange Ida Prezios im Kleinen das Grosse auslotet, solange die Dohlen das Dorf in einer aufsteigenden Spirale verlassen und das Mass zwischen Himmel und Erde vorstellbar wird, flackernde schwarze Punkte auf einem türkisfarbenen Blatt, solange Menschen einander erkennen, ist nichts vergebens, werden Geschichten glücklich enden, werden Geheimnisse endlich enthüllt. Auch solche, die lange verborgen waren. Solche wunderbaren Dinge geschehen in Müstair. Wie der Name schon sagt.

Hinter der Klostermauer stellte Anna den Schubkarren ab, zischte dem Hund etwas zu, öffnete langsam die Tür und schaute, auf der Suche nach Unterhaltung und Freiheit, hinaus auf den Platz. Als ein Auto die Stichstrasse herunterkam und an der Einmündung stehen blieb, schreckte Anna zurück, schloss die Tür bis auf einen Spalt und versteckte die Hände in den Taschen ihrer Kittelschürze unter der Strickjacke unter der Gummischürze. Die linke Hand stiess auf etwas, ganz unten in einer Ecke der Tasche, hinter der Naht. Sie tastete vorsichtig weiter, klaubte das Etwas heraus und verzog das Gesicht zu einem Grinsen. Es war ein Schnipsel. Noch ein Schnipsel von der Karte, die ihr so viel Glück gebracht hatte. Kleiner als die anderen, die sie dem netten Polizisten gegeben hatte. Es war auch nichts Bestimmtes darauf zu sehen, nur Farben, Linien und Kästchen. Auf der Rückseite waren wieder diese verwischten schwarzen Buchstaben, drei Stück. Der erste, den kannte Anna, weil ihr Nachname mit dem gleichen Buchstaben anfing und sie manchmal etwas unterschreiben musste: ‹P›. Anna schob den Hund hinter die Tür, schlug das Kreuz, schlüpfte hinaus und eilte zur Bushaltestelle. Der krumme Körper zuckte vor Erwartung.

Der Wirt trat vor die hellblaue Tür seines Gasthauses, beugte sich über die Brüstung der Laube und schaute zufrieden in den Himmel. Das Wetter würde schön bleiben. Er winkte dem Briefträger im gelben Dienstauto zu, der mit einer Eilzustellung für Ida Prezios in die Stichstrasse abbog. Die ältere Dame im braunen Mantel ging über den Platz, trug einen Koffer und eine Tasche, offenbar reiste sie ab. Philomena Durnwald, er hatte sich wieder genau erinnert. Sie strich sich in ihrer unvergleichlichen Art eine Haarsträhne hinters Ohr, schaute kurz zu ihm hoch, und er meinte ein leises Lächeln in ihrem Gesicht zu sehen. Er musste an die Fotografin denken, die sich so auffällig für diese geheimnisvolle Frau interessiert hatte.

Was er nicht sehen konnte: Oben in Philomenas Tasche lag die Schatulle, die auf dem Tisch in ihrer Wohnung gestanden hatte. In der Schatulle aber waren sechsunddreissig Briefe, die sie nie abgeschickt hatte, weil sie nicht gewusst hätte, wohin. Zuoberst in der Schatulle lag eine Schwarzweissfotografie, das Bild mit dem gezackten Rand. Es zeigte ein Neugeborenes auf dem Arm einer Schwester. Das Kind war in ein Tuch gewickelt, der obere Rücken nackt. An seinem Nacken deutlich erkennbar ein dunkles, kirschgrosses Muttermal. Auf der Rückseite des Fotos stand in verblasster Schrift ein Datum und eine Uhrzeit. Es war Evas Geburtsdatum.

Beim Montabella Verlag, CH-7500 St. Moritz sind die nachstehenden Titel erschienen:

ISBN	Autor	Titel
978-3-907067-35-2	Constance Hotz	Vier Tage im März. Roman
978-3-907067-33-8	Lareida/Connell	Das verliebte Kätzchen, Bilderbuch, dt., it., eng.
978-3-907067-31-2	Mengia Spreiter	CASTASEGNA – Dorfchronik it., dt.
978-3-907067-30-4	Andreas Beriger	Das Netz – Engadiner Kriminalroman
978-3-907067-29-1	Peter Löhmann	Quickies of Entertainment, Kurzgeschichten
978-3-907067-27-7	Bloch/Rödiger	Ursina Vinzens, Künstlerportrait, Bildband
978-3-907067-26-0	Paul E. Müller	Bitte lass mich nicht allein, Gebete + Fotos
978-3-907067-23-9	Luca Merisio	ENGADIN – Die schönsten Wanderungen, dt.
978-3-907067-24-6	Luca Merisio	ENGADINA – Le più belle Escursioni, it.
978-3-907067-25-3	Luca Merisio	ENGADINE – The best Routes, eng.
978-3-907067-32-1	Luca Merisio	ENGADINE – Les plus belles randonnées, fr.
978-3-907067-22-2	Bottonelli/Merisio	Dolomiten – Winterzauber, Grossbildband
978-3-907067-21-5	Marcella Maier	Das grüne Seidentuch, Familiensaga
978-3-907067-20-8	Lautenberg/Ceretti	ENGADIN – Engadina – Engadine
978-3-907067-19-2	Paul E. Müller	Blumen – Erinnerungen an das Paradies
978-3-907067-18-5	Dirk-Th. Schwerdt	Vögel in unserer Nähe, Grossbildband
978-3-907067-17-8	Susanne Bonaca	Bella Engiadina, Bildband, 4-sprachig
978-3-907067-16-1	Albert Schaffner	Engadin aktiv – Erlebnis, Fun und Action
978-3-907067-15-4	Luca Merisio	Giganten aus Granit – Bergell und Valmasino
978-3-907067-12-3	Max Weiss	Das Grosse Buch vom Engadin, Panoramas
978-3-907067-10-9	Luca Merisio	BERNINA, grossformatiger Bildband
978-3-907067-06-2	Max Weiss	Starkes Engadin, Bildband, 4-sprachig
978-3-907067-02-4	Dr. Beat Stutzer	SEGANTINI, Bildband
978-3-907067-03-1	M. Vannuccini	Grenztouren im Berninagebiet, Tourenführer
978-3-907067-00-0	Max Weiss	Broschüre St.Moritz – Engadin 5-sprachig
978-3-9520739-0-2	Max Weiss	Panoramas Engadin, Mappe A4, 4-sprachig
978-3-9520739-1-9	Max Weiss	Engadin Impressionen, Bildband, 5-sprachig
978-3-9520739-2-6	Max Weiss	Engadin Impressionen, Bildband, japanisch

Weitere Informationen und Bestellmöglichkeiten bei Ihrer Buchhandlung oder unter http://www.montabella.ch, mail@montabella.ch, Fax 0041 (0)81 833 28 01